www.bbulmedia.com

www.bbulmedia.com

멋대로 라이프

1판 1쇄 찍음 2016년 7월 19일
1판 1쇄 펴냄 2016년 7월 25일

지은이 | 진 솔
펴낸이 | 정 필
펴낸곳 | 도서출판 **뿔미디어**

기획 · 편집 | 문정흠 · 한관희

출판등록 | 2002년 9월 11일 (제081-1-132호)
주소 | 경기도 부천시 원미구 소향로 17번길(두성프라자) 303호 (우) 14544
전화 | 032)651-6513 / 팩스 032)651-6094
E-mail | bbulmedia@hanmail.net
홈페이지 | http://bbulmedia.com

값 8,000원

ISBN 979-11-315-7297-9 04810
ISBN 979-11-315-7296-2 04810 (세트)

진솔 현대 판타지 장편 소설

멋대로 라이프

1

뿔미디어

Contents

눈이 내리던 날

돈이 필요하다고 느낀 날이 언제였을까.

배가 너무 고파 냉장고를 여는데 예전과 달리 텅 비어 있는 모습을 본 때였을까, 아니면 처음 집을 나와 들어간 고시원에서 술 취한 옆방 사람과 시비가 붙어 잔뜩 맞아놓고도 그 남자가 무서워서 경찰서도, 병원도 찾아가지 못한 날이었을까.

그도 아니라면…….

하루아침에 달라진 부모님의 모습에 위기감을 느낀 때였을까.

아니, 사실 나는 언제나 돈이 필요하다고 느끼고 있었다.

다만, 돈의 절실함과 간절함을 느낀 게 바로 그날들이었을 뿐이다.

그리고 그런 나날들 속에서 가장 기억에 남는 날을 꼽는다면, 역시 부모님이 나를 외면하기 시작한 날이었을 것이다.

너무도 어린 나이임에도 불구하고 독립의 필요성과 위기의식을 느끼게 됐던··· 충격적인 그날.

그래, 그 모든 게 그날부터 시작되었다.

나에게 있어 가장 가까운 사람의 기일이자, 내가 정식으로 13세가 되던 날.

그날만을 손꼽아 기다리던 많은 이들이 나를 향한 기대를 저버린 날이었다.

"흐음··· 오늘은 과일이 싸네."

평소 과일과 같은 부식거리를 챙겨 먹는 편은 아니지만, 오늘만큼은 특별했다.

"후후, 신년 맞이 대바겐세일이라니, 그것도 마침 내가 장을 보는 날에······. 운이 좋군."

나는 손에 쥔 전단지에 화려하게 쓰여진 '과일 전 품목 세일'이란 글귀를 보며 음침하게 웃었다.

비록 오랜 시간 보관할 수는 없는 과일의 특성상 조금만 사먹게 될 테지만, 과일이나 신선한 채소를 대신해 비타민을 보급

할 방법으로 식당에서 김치를 무한 리필해 먹던 것에 비하면 훨씬 낫다고 할 수 있다.

'뭐, 대부분 하품에 유통기한이 아슬아슬한 것들 천지겠지만… 오랜만에 먹는 과일이니까.'

오랜만에 달고 신, 자극적인 맛들을 떠올리는 것만으로도 어느새 입안에 침이 한가득 고였다.

마트로 향하는 내내 침을 꼴깍 삼키던 나는 문득 바라본 하늘에서 천천히 떨어지기 시작하는 눈을 볼 수 있었다.

'후후, 설마하니 내가 과일 먹는 것을 기대하게 될 줄이야.'

불과 3년 전, 먹을 게 없어 과일로 연명하던 나날을 감안하면 지금의 변화는 놀랍다고 할 수 있었다.

배고픔을 견디지 못해 시식용 과일에 몰래 칼집을 내 먹던 그날.

그날도 오늘처럼 눈이 왔다.

3년 전, 집을 나선 나는 고사리같이 작은 손에 쥐어진, 몇 푼 안 되는 돈을 가지고 일자리를 찾아 길거리를 헤맸다.

당연하게도 정상적인 가게에서는 신원도 불명확한 열다섯 살 어린애를 써줄 리가 없었다.

고생 끝에 간신히 찾은 일자리는 어린 나에게 너무도 부담스러운 노동을 강요하거나 도저히 입에 담기도 힘든 저속한 일들뿐이었다.

그렇게 매일 이런저런 일자리를 전전하던 어느 날, 인터넷 구인 광고를 통해 하게 된 것이 과일 장사였다.

정확히는 과일 트럭을 따라다니며 호객 행위를 해 물건을 파는 일이었지만, 신분, 나이, 성별 불문에 놀랍게도 숙소까지 제공한다는 말에 어린 시절의 나는 그 일을 선택하지 않을 수가 없었다.

특히, 숙소 제공이란 말은 나의 마음을 기울게 한 일등 공신이었다.

이미 갖고 있던 돈이 거의 다 떨어져 가는 상황이었기에, 하루걸러 하루는 찜질방에서, 또 하루는 밤거리를 정처 없이 걸어야 하던 나에게 있어 숙소 제공이란 말은 정말 달콤한 유혹이었다.

게다가 지원 자격에 아무런 조건이 없기까지 했으니, 중학교조차 나오지 못한 나에겐 최적의 일자리였다.

그래서였을까.

처음 면접장에서 본 남자는 나를 위아래로 쓱 훑어보더니, 이내 신경 쓰지 않는다는 듯 일에 대한 설명을 늘어놨다.

관광지나 사람이 많은 시내에서 호객 행위를 하고, 본인이 판 금액의 일정 부분을 갖는다는 등의 설명이 있었지만, 사실 무엇이든 하기로 결심한 그때의 나는 곧이어 소개되는 숙소에 관심이 쏠려 있었다.

그리고 마침내 소개 받은, 따스한 온기가 흐르는 숙소는…….

"4인실이라 조금 좁긴 하지만, 2층 침대가 있어서 자는 데 불편하진 않으실 거예요."

그곳은 그야말로 사람을 사육한다는 생각이 들 만큼 비좁은 원룸이었다. 나란히 놓여진 2층 침대와 지저분하게 늘어진 술병이며 치우지 않은 이부자리, 옷 나부랭이들이 잔뜩 어질러져 있었다.

기대와는 많이 다른 모습에 실망을 했지만, 그래도 이불이 있는 침대에서 잘 수 있는 게 어디냐며 스스로를 위안했다.

그러고는 곧장 다음 날부터 과일 트럭의 뒷좌석에 앉아 관광지와 유흥업소 밀집 지역을 돌아다니며 과일을 팔았다.

일은 정말 단순하기 짝이 없었다.

과일 트럭에 실린 멜론이며 파인애플과 같은, 겉으로는 품질을 구별하기 힘든 싸구려 과일을 들고 가서 팔릴 때까지 사람들에게 붙어 다니는 것이었다.

가격은 한 통에 만 원.

시식용으로 들고 다니는 물건은 실제로 맛도 있고 품질도 좋지만, 돈을 낸 손님에게 주는 것은 훨씬 품질이 떨어지는 싸구려 물건이었다.

그렇게 물건을 팔고 나서 매번 자리를 옮기는 과일 트럭의 특성을 이용해 말도 안 되는 폭리를 취하는, 사기에 가까운 행위였다.

물론 어린 시절의 나는 그러한 사실조차 알지 못한 채 순진한 얼굴을 하고 이를 팔고 다니긴 했지만……

당연한 이야기겠지만, 나보다 오래 세상을 살고 돈을 벌어온 사람들은 쉽사리 지갑을 열지 않았다.

그렇게 저조한 성적을 내며 일주일 정도 지난 때였을까.

어김없이 트럭에 타 저녁의 유흥가를 향해 출발하려는 나를 불러낸 사람이 있었다.

면접날, 나에게 일을 설명해 주던 남자였다.

남들 몰래 나를 불러낸 그는 나에게 물었다.

"요즘 벌이는 어때? 뭐라고? 하, 참나! 내가 지금 그걸 몰라서 따로 불러다가 물어보는 거 같냐? 자, 봐봐. 이게 네가 최근 일주일 동안 판 거고, 이게 어제 하루 동안 팔린 총 개수야. 숫자는 셀 줄 알지? 하긴 숫자도 볼 줄 모르면 뽑지도 않았겠지만. 자, 보여? 아직 신입이라 요령이 없는 건 알겠는데, 일주일 동안 판매한 전부를 합해도 하루에 팔린 물건의 10분의 1도 안 된다는 건 너무하다고 생각하지 않냐? 네가 자는 숙소, 거기 생활비랑 밥이며 간식 같은 건 공짜로 나오는 줄 알아? 이런 식이면 너 더 이상 못 써. 해고해야지. 버는 것보다 쓰는 게 많은 식충이를 데리고 일할 만큼 회사는 너그럽지 못해. 돈? 여태껏 번 것보다 쓴 게 많은데, 무슨 돈? 그냥 쫓겨나는 거야. 알겠어?"

당시의 나는 그가 하는 말이 너무도 무섭게만 들렸다.

간신히 얻은 일자리였다.

비록 숙소나 벌이는 시원찮지만 그런 지저분한 숙소에도 서서히 정을 붙여가는 중이고, 밤새 술 마시고 신세 한탄을 하는 같은 방 아저씨들의 떠드는 소리에도 익숙해져 가는 중이었다.

그런데 이제 와 나가라니…….

당장 그날도 눈이 올 거란 일기예보를 봤다. 만약 이대로 해고를 당한다면 정말로 길바닥에서 얼어 죽는 일만 남으리라.

그렇게 내 실적에 대한 잔혹한 설명을 듣고 난 후, 그간의 일주일과는 다른 마음가짐으로 트럭에 탔다.

그렇게 비장의 각오로 도착한 저녁의 유흥가.

같은 트럭에 탄 에이스 사원은 출발 전 나에 대해 무언가 들은 바가 있는지, 커다란 파인애플을 안고 내리는 나에게 간단히 귀띔을 해주었다.

"저기, 저 가게 보이지? 아니, 갈빗집 말고 그 옆에. 그래, 거기랑 저 상가 4층도… 그리고 요 앞에 있는 갈매기살집은… 아재 성깔이 더럽긴 한데 그래도 너 같은 꼬마가 엎드려 절하고 들어가면 들여보내 줄 거야. 지금 내가 알려준 포인트들만 잘 돌아도 몇 십은 당길 수 있을 거야. 알겠지? 똑바로 하고 와."

그가 보이는 친절 아닌 친절에 고개를 푹 숙여 감사를 표한 나는 커다란 파인애플과 시식용 조각을 파낼 작은 과도 하나를 챙겼다.

그러고는 술집에 들어가기 전, 내 어린 나이를 가려줄 모자를 푹 눌러쓰고 결의에 찬 눈으로 트럭에서 내렸다.

하지만······.

"어린놈의 새끼가! 공부할 생각은 않고 뭘 하고 다니는 거야!"

술에 잔뜩 취한 손님들은 애당초 어설픈 사기꾼인 내 말을 들으려 하지 않았고, 나의 작은 체구를 보고 불쌍히 여겨 가게에 들여보내 준 가게 주인도 주정뱅이를 자극하는 나의 어설픈 호객 행위에 나를 내쫓을 수밖에 없었다.

그렇게 구멍 난 파인애플을 들고 쫓겨나길 여러 번······.

에이스가 알려준 마지막 가게 앞에서 눈가에 가득 차오른 눈물을 훔친 나는 이번이 마지막이라는 필사의 각오로 가게에 들어섰다.

다행인지 불행인지, 포인트라던 가게 안에는 점잖게 양복을 빼입은 중년 남성 둘밖엔 손님이 없었다.

마지막 기회라는 부담감 속에서 후들거리는 다리로 그들에게 다가간 나는 마침내 입을 열었다.

"실례합니다~ 파인애플 한 번 드셔보세요."

"······."

나는 아무런 반응이 없는 그들을 불안한 시선으로 쳐다보며 다시금 권유했다.

"파인애플… 맛 한 번만 보세요."

마침내 묵묵히 내 모습을 바라만 보던 두 중년인 중 한 명이 나에게 말했다.

"우리… 별로 사고 싶지가 않아서……."

청천벽력과도 같은 말 한마디에 그야말로 억장이 무너지는 듯했다.

하지만 나는 억지로 웃어 보이며 필사적으로 권유했다.

"아뇨, 정말 사실 필요 없이 맛만 봐주세요. 이게 얼마나 좋은 물건인지 소개만 시켜 드리려고 그러는 겁니다. 사실 제가 여기 오기 전에 한 조각 먹어봤는데… 먹던 거 파는 게 아니라… 정말로~ 손님들한테 드려야 하는 게 혹시라도 맛없으면 안 되니까~ 제가 특.별.히. 한 조각만 먹어본 겁니다. 아, 그렇다고 다른 게 맛이 없다는 게 아니라……."

그렇게 주저리주저리 떠들어 대던 나는 그 많은 멘트들이 어디서 그렇게 쏟아져 나온 것인지 지금 생각해도 알 수 없는 일이었다.

정말 말도 안 되는 아첨과 아부의 말부터, 쓴웃음이 배어 나오는 농담에, 저 혼자 박장대소를 하며 웃어 보이기도 하고, 몇 번이고 과장된 액션을 취하기도 하면서 필사적으로 그들에게 파인애플을 권했다.

그렇게 끝없이 소리를 지르고, 웃고, 떠드는 동안 나의 머리는 어느새 맑아졌다.

15년이라는, 남들이 보기엔 코웃음이 나올 만큼 짧은 삶 속에서 필사적으로 머릿속에 욱여넣었던 정치, 경제, 예술, 역사, 과학… 이 세상 모든 분야에 걸친 많은 지식들은 더 이상 남아 있는 게 없었고, 당장 내일에 대한 고민으로 얼룩진 머릿속도 새하얗게 변해 있었다.

그렇게 머릿속에 떠오르는 대로 말들을 뱉어내던 때였다.

"…제가 다름이 아니라, 인자하신 모습이 정말 제 아버지를 떠올…리는… 흐끅……."

투둑, 후두둑.

나를 버린, 나를 없는 존재 취급한 부모에 관한 이야기였던 탓일까, 아니면 세상의 모든 것이 나를 중심으로 돌아간다 생각하던 얼마 전의 나와 비루하기 짝이 없는 지금의 내 모습에서 느낀 괴리와 서러움 탓일까.

잘 참아온 눈물이 나도 모르는 사이에 쏟아져 나왔다.

말을 하는 나의 얼굴엔 여전히 웃음이 가득했지만, 떨리는 목소리와 모자로 간신히 가려놓은 눈에선 끝도 없이 눈물이 흘러나와 나를 쳐다보는 이들의 식탁을 적셨다.

"…아버지 같은 분…이라… 후윽, 그래서 더 맛있는… 끄윽! 끅……!"

"……."

거기까지 말한 나의 손은 더 이상 조금 전처럼 파인애플이 잘 보이게 들고 있지도, 달콤한 과즙이 흐르도록 칼집을 힘주어 누르지도 못하고 있었다.

그저 그 자리에 멀거니 서서 끈적한 눈물을 흘릴 뿐.

나는 꾸덕꾸덕 과즙이 잔뜩 묻은 손이 파인애플을 떨어뜨리기라도 할세라 신줏단지 모시듯 조심스레 품에 끌어안고, 칼집은 어디에 뒀는지 기억조차 나지 않는 과도를 두터운 점퍼 안주머니에 대충 쑤셔 넣으며 두 사람을 향해 꾸벅 고개 숙여 인사를 하고 돌아섰다.

그때의 나에겐 더 이상 품에 안은 파인애플을 팔아야겠다는 생각은 남아 있지 않았다.

내가 가진 모든 자존심과 마지막 밑바닥에 남아 있던 무언가를 추하게 쏟아낸 자리를 벗어나야겠다는 생각만이 절실했다.

그때, 누군가가 돌아선 나의 팔을 뒤에서부터 붙잡았다.

"그렇게 소개를 했으면… 내 대답도 듣고 가야지."

슥—

중년인은 여전히 별다른 표정이 없었지만, 그가 품에서 꺼내 준 손수건은 그의 마음씨를 알 수 있을 만큼 충분히 따듯했다.

훌쩍.

꾸욱, 꾹.

손수건을 받아 든 나는 그 온기에 단순히 감격하기보다도 이 세상에 떨어져 나와 느껴보는 첫 호의의 증표를 더럽힐 수 없다는 생각에 차마 눈물, 콧물로 범벅된 얼굴을 제대로 닦지 못했다.

그저 아직도 눈물이 멈추지 않는 눈가를 꾹꾹 눌러 찍으며 눈물이 멈추길 기다렸다.

그러자 그가 내 손에서 손수건을 뺏어 들고는 얼굴이며 코를 깨끗이 닦아주며 말했다.

"그래, 내 대답이 필요하겠지? 나는 여전히 파인애플이 필요하지 않아. 난 다른 과일은 다 먹지만, 유일하게 파인애플은 먹지 않거든."

"……."

나는 그의 말에 실망하는 한편, 개운함과 동시에 스스로에 대한 지독한 혐오감을 느꼈다.

실망감의 원인은 파인애플을 사지 않겠다는 그의 말에서부터 비롯됐지만, 역설적이게도 그가 파인애플을 사지 않겠다고 했기에 개운했다.

비록 아주 작은 것에 불과했지만, 세상에 나온 뒤로 손익을 따지지 않고 나에게 호의를 베풀어준, 유일한 상대였다.

그리고 여태껏 마음속에 감추고 있던 모든 감정을 토해내며 나의 가장 밑바닥을 보여준 상대였다.

그런 그가 파인애플을 사겠다고 했다면… 정말이지 부끄러웠을 것이다.

내 속의 모든 것을 내보이고 동정을 얻어 물건을 판 것이기에, 정말이지 우울했을 것이다.

그렇기에 나는 스스로를 혐오할 수밖에 없었다.

고작 이런 싸구려 파인애플 하나를 사지 않겠다고 했을 뿐인데 그것에 실망하다니, 도저히 나 자신을 용납할 수가 없었다.

"그렇게 열심히 닦아냈는데 아직도 눈물이 한가득이군."

그사이 내 얼굴을 얼추 다 닦아낸 그는 깊게 눌려 있던 모자를 들어 올리며 풋내가 풀풀 나는 내 얼굴을 지그시 바라보았다.

그러더니 이내 품속에서 작은 종이를 꺼내 들었다.

글로리아 컴퍼니
선진 기술 개발 과학부 부장
박중혁

난생처음 받아본 명함이란 것을 신기하게 바라보며 그 위에 적힌 글을 읽어 내려가는 나에게 그는 이어서 말했다.

"사실 내가 이런 사람인데… 요즘 사람을 구하는 중이거든."

다시금 내 얼굴을 찬찬히 살펴본 그는 내가 품에 안고 있던 파인애플과 점퍼를 빼앗아 여태 자신의 맞은편에 앉아 있던 남자에게 던져 주고는, 내 몸을 여기저기 만져 보더니 물었다.

"자네, 혹시 게임 좋아하나?"

나는 순간 그의 물음이 이해가 되지 않았지만… 어째선지 게임의 ㄱ도 모르더라도 고개를 끄덕여야만 할 것 같았다.

　내 작은 머리는 그의 호의에 순순히 대답을 해주었다.

　그리고 그날 저녁.

　나는 하루 내내 걱정하던 눈이 내리는 것을 창문을 통해 바라보며, 부드럽고 따듯한 이불 속에서 편안한 마음으로 잠을 청할 수 있었다.

　"그게… 어느새 3년이나 지난 일이군."

　그날의 포근함과 닮은 새하얀 눈송이가 찬찬히 바닥에 쌓여 가는 모습을 본 나는 손에 쥔 전단지를 다시 펼치며 할인 중인 과일 목록을 보았다.

　어쩐지 파인애플이 당기는지라 혹시 다른 과일에 비해 가격이 조금 나가더라도 한 통 사고 싶었기 때문이다.

　그렇게 눈이 내리고…….

　전단지에 얼굴을 묻은 남자가 남긴, 하얀 입김의 궤적이 흩어져 가는 그 뒤로…….

　거대하게 솟아오른 빌딩의 전면이 빛나며 웅장한 소리와 함께 광고를 쏟아내기 시작했다.

　2049년, 글로리아 컴퍼니가 드리는 최고의 선물.

　반전된 세계.

그곳에 기다리는 것은 빛인가, 어둠인가.

끝을 모르는 모험이 기다리는 판타지 세상.

현실에서 빛나지 못했던 재능.

현실에서 찾지 못했던 당신의 재능이 현실이 되는 곳.

리버스 라이프.

2049. 1. 30. 오후 1시.

그랜드 오픈!!

웅장한 음악 소리에 비해 그다지 볼 게 없는 광고였다.

볼 수 있는 것이라곤 검은 화면에 떠오르는 금빛의 화려한 글씨뿐이었으니 말이다.

하지만 이내 다시 한 번 배경음으로 깔리는 웅장한 음악과 함께 글자가 사라진 빌딩의 벽면에 짧은 한 줄의 문장과 숫자가 떠올랐다.

오픈 카운트다운!

10… 9… 8… 1.

퍼퍼퍼펑! 파방! 팡!팡!팡!

숫자의 카운트가 1이 되었다가 완전히 사라진 그 순간.

하늘은 수많은 폭죽의 불빛으로 눈송이가 보이지 않을 정도가 되었고, 그 순간은 꽤나 오래 지속되었다.

그렇게 세상은… 게임 역사상 전무후무한, 그리고 이후 오랫동안 세상에서 가장 완벽한 게임으로 군림할 한 게임을 맞이하였다.

Chapter 1

접속

[어떠냐, 대로야?]

수화기 너머로 들려오는, 기대에 들뜬 목소리에 휴일을 만끽하고자 소파에 늘어져 있던 나는 건성으로 대답했다.

"…뭐가요?"

[…….]

화상 통화도 아니건만, 수화기 너머로부터 전해지는 황당함에 잠시 눈을 찌푸린 나는 지금까지의 전화 통화 내용에서 상대방이 '어때'라는 물음에 응답하는 데 필요한 무언가를 말하지 않았음을 다시금 떠올리며 당당히 말했다.

"무언가에 대해 제 반응이 알고 싶으신 거라면… 그게 뭔지는 알려주고 물어보셔야죠. 그리고 나이가 드셔서 자꾸 잊어버리시는 거 같은데, 오늘은 저 휴일이에요. 내일 가서 듣도록 하겠습니다. 그럼 끊어요."

[야! 얀마!]

"아, 왜요!"

수화기를 내려놓으려던 찰나, 이름 세 글자를 부를 시간조차 없어 다급히 한두 글자로 나를 줄여 부르는 상대에게 짜증을 부리자, 오히려 전화를 건 상대 측에서 어이가 없다는 듯한 소리가 들려왔다.

[너 리버스 라이프 안 해봤냐?]

"아, 그거요? 제가 굳이 해볼 필요 있나요? 이제 와서 직접 안 해봐도……."

[야! 그걸 니가 안 해보면 누가 해!]

수화기를 사용해서 누굴 죽이는 연습이라도 하고 계신 건가?

갈수록 커져 가는 목소리에 인상을 누그러뜨린 나는 한껏 격양된 상대를 향해 조용히 말했다.

"아, 그, 왜, 개발팀에 덕선이 아저씨도 있고… 정희 누님도 계시고……."

[얀마, 걔들은 서브였고! 진짜 메인 모델 중에 한 명인 니가 안 하면 어떡해?]

"아뇨. 애당초 제가 굳이 할 이유가…… 아버지도 아시잖아요. 그 게임, 버그 같은 것 없다는 거. 그거 다 아버지가 설계하고 만든 건데, 오픈까지 한 마당에 제가 테스트해 볼 이유나 있겠어요?"

나의 아부 아닌 아부가 먹힌 것인지, 전화 속 아버지는 이내 헛기침을 하며 조금 낮아진 목소리로 말했다.

[흠흠, 그… 네 말은 맞지만, 그래도 넌 궁금하지도 않니? 너의 몸, 움직임이며 행동… 감각… 거의 모든 것을 재현한 게임인데.]

"그거야 테스트 실에서 테스트하면서 질리도록 해봤는걸요."

[대로야… 내가 이런 말 하는 거 우습지만… 지금 리버스 라이프는 네 액션 테스트를 위해 조성해 놨던 그런 모습이 아니야. 우리 이 게임 오픈하고 단 하루 만에 가입자가 600만 명인 건 알아? 이게 무슨 말인지 이해가 가니? 이게 그만큼이나 뛰어나단 말이야. 너, 이거 안 하면 나중에 사회에서 낙후됐다는 소리 듣는다니까? 지금 접속기 판매처마다 물품이 모자라서 난리가 났어. 그런데 넌 그런 게임의 공짜 플레이 쿠폰에 접속 장치까지 지급됐는데, 그걸 안 하려고? 네 나이 또래 애들은 이거 다 해. 지금 가입자의 반은 청소년이야.]

"에이 참, 아부지도. 그거야 평범한 애들이나 하는 거지……"

[야, 너라고 다른 줄 아냐? 내 눈엔 똑같은 꼬꼬마 애기들이야.]

피식.

여전히 평범한 어린애로 봐주는 아버지의 말에 가볍게 웃어 보인 나는 능글맞게 웃으며 대꾸했다.

"아버지도 참, 요즘 어린애고 성인이고 게임 중독 때문에 여기저기 난린데… 아버지는 아들이 게임에 빠져서 현실이랑 게임이랑 분간 못하다 사고 치고 그랬으면 좋겠어요?"

그렇게 내 말이 끝나자, 수화기 반대편으로부터 무거운 침음성이 들려왔다.

[으음…….]

'그저 가벼운 농담이었는데…….'

큰 의미도 없이 던진 말을 어쩐지 진지하게 받아들이는 아버지의 태도.

눈을 크게 뜬 나는 이내 이어지는, 조금 자신 없는 목소리에 다시 한 번 픽, 웃고 말았다.

[크음… 그래, 물론 우리가 게임을 너무 잘 만들어서… 현실이랑 구분 안 가고… 그런 일이 정말 있을 수도 있겠지만… 그래도 난 널 믿는다. 넌 똑똑하니까 그런 일 없을 거라고… 게다가 보급형 접속 장치는 설정상 최대 감도 설정도 안 되고, 뇌를 보호하는 프로텍트도 여러 가지 심어져 있으니까…….]

'대단한 자신감이셔.'

자신감이 넘치는 건지, 아니면 걱정이 너무 많은 건지…….

혀를 내두른 나는 어쩐지 심하게 게임에 집착하는 태도를 보면서 아버지가 포기할 수밖에 없을 법한 방법을 꺼내들었다.

'이건 좀… 불효 같긴 한데, 그래도 휴일에 일하긴 싫은걸.'

남들에겐 게임이지만, 3년간 개발에 참여한 사람에게 게임을 하고 평가를 들려 달라는 것은 일의 연장으로밖에 느껴지지 않았다.

그래서 나는 설령 회사에 나가 강제로 게임을 하게 되더라도 휴일만큼은 쉬고 싶었다.

"그게… 사실 제가 요즘 돈을 모으잖아요. 여기 집 대출금도 있고… 뭐, 갑자기 아버지가 저를 해고하는 게 아닌 다음에야 대출금은 충분히 상환하겠지만… 그래도 남자라면 지갑이 두둑해야……."

[…그래서? 팔았다고?]

어쩜 내가 하고 싶은 말을 이렇게 금방 알아차리실까.

피는 안 섞였지만 역시 아버지라는 건가.

내가 부자 간의 끈끈한 정 비슷한 것을 느끼던 그때, 아버지가 외쳤다.

[인마! 그게 어떤 건데 그걸 팔아! 그거, 우리 회사 직원들한테만 지급된 한정판 접속기라고! 일반 보급형이랑 급이 달라요, 급이! 그리고 그거… 쿠폰! 그것도… 어휴~]

"……."

'생각보다 반응이 격하신데?'

게다가 저렇게 깊은 한숨은 근래에 그랜드 오픈을 앞두고 하루 종일 걱정에 걱정을 하며 불안해하시던 상황에서 내뱉던 한숨과 비슷했다.

'내가 그걸 판 게 그렇게 큰일인가?'

뭐, 시중에 판매하지 않는 직원 전용의 물품이 새어 나갔다면 분명 문제긴 하지만…….

그래도 팔았다는 말은 핑계일 뿐, 아직 안 팔았으니 괜찮지 않을까 하는 안일한 생각을 하고 있던 나는 이내 흥분을 가라앉힌 아버지가 이번에야말로 피할 수 없는 수를 꺼내놓자 결국 고개를 끄덕일 수밖에 없었다.

아니, 사실 그런 게 아니더라도 아버지의 한숨 소리를 들은 이상 아들인 내가 더 이상 고개를 젓는다는 것은 있을 수 없는 행동이었다.

[후… 그럼 그 집으로 니가 테스트할 때 썼던 전용 기기 보낼 테니까 한 번 해봐. 그 기계는 따로 쿠폰 등록 안 해도 잘 작동할 테고… 사용자 조율도 안 해도 될 테니.]

'그렇게까지 나에게 게임을 시키고 싶으신 건가?'

나는 아버지가 가진 게임에 대한 열정에 고개를 갸웃거리면서도 한편으론 어느 정도 이해가 가기도 했다.

내가 참여한 부분은 기본 모션이나 액션, 감각과 관련된 부분이기에 개발의 가장 후미에 있어 3년밖에 참여하지 않았지만, 아버지는 내가 참여하기 15년 전부터 이 게임을 개발하고 계셨다.

게다가 글로리아 컴퍼니라는 굴지의 대기업이 사활을 걸고 진행한 거대 프로젝트의 총괄 직책을 맡고 계신 만큼 이 게임에거는 기대가 굉장히 클 터였다.

그렇기에 아버지가 십수 년간 공을 들인 작품을 아들에게 꼭 해보게 하고 싶어 하는 마음도, 또한 한때 같이 게임 개발을 했던 개발자로부터 실제 평가를 듣고 싶어 하는 마음도 확실히 이해할 수 있다.

하지만…….

'나도 이미 알 만큼은 안단 말이지.'

이 게임이 얼마나 잘 만들어졌고, 얼마나 완벽한지 개발에 참여한 나는 누구보다 잘 알고 있었다.

아까 아버지의 기분을 누그러뜨리고자 한 말은 절대 거짓이 아니었다.

물론 참여 분야가 다른 만큼 게임 내의 스토리나 오픈 전에 추가된 각종 시스템 등에 관해서는 사실상 문외한이나 다름없지만, 거의 대부분 참여했던 액션 부분은 빠삭했다.

그런 만큼 액션성과 전투의 박진감만으로도 세상 대부분의 사람들을 매료시키기에 충분하다고 장담하고 있기에, 아버지의 저런 불안은 이해가 가지 않는 부분이기도 했다.

물론 정말 순수하게 아들에게 자신의 작품을 보여주기 위해서라는 경우의 수도 있지만…….

'우리 똑똑하신 아버지가 그럴 리가 없으니.'

결국 나는 아버지에게 항복 선언을 했다.

"후, 알겠어요. 그럼 해볼 테니까 보내주세요."

[그래, 알았다.]

뚜— 뚜— 뚜—

여태 흥분해서 난리를 치시던 것과 달리 내 대답을 듣자마자 시크하게 대답하며 전화를 끊어버리는 아버지의 태도에 나는 잠시 멍하니 서 있었다.

그러다 문득 당했다는 생각이 머리를 스쳤다.

생각해 보니 직원 전용의 고급형 물품이 외부로 반출되는 것에 대해 안전장치가 없다는 것은 말도 안 될뿐더러, 애당초 내 주변에서 일어나는 일을 사소한 것 하나까지 모두 알고 계시는 아버지가 접속 장치를 팔았다는 거짓말을 알아차리지 못하셨을 리가 없었다.

'이 아부지가 진짜……'

푸욱!

결국 한숨을 내쉬며 현실에 수긍한 나는 접속기가 오기까지 남은 시간만이라도 뒹굴거리기를 조금이라도 더 즐기고자 소파에 몸을 깊게 묻었다.

그리고 그때.

띠리릭!

[퀵 서비스입니다.]

"이 사람이 진짜……"

대체 어디까지 예상을 하고 있었기에 이런 일이 가능하다는 말인가.

나는 오늘 몇 번째인지 모를 한숨을 쉬며 도착한 물건을 받았다.

그런 후, 기술자들의 숙련된 솜씨 아래 방 한 곳에 내가 3년 간 지겹도록 사용한, 관처럼 생긴 접속 캡슐이 설치되는 것을 보아야만 했다.

최종적으로 완성된 거대 캡슐의 모습은 그랜드 오픈 전부터 미리 판매해 왔던 보급형 접속기는 물론, 아버지가 준 고급형 접속기와도 차원이 달랐다.

아니, 애당초 팔목, 발목, 그리고 머리에 간단한 장치들을 끼우는 게 전부인 접속 장치와 장시간 접속해서 작업을 하더라도 몸에 무리가 없도록 설계된 캡슐은 애당초 같을 수가 없었다.

거기에 신체의 세세한 변화까지 감지하고자 온몸 구석구석에 연결하도록 되어 있는 장비는 보는 사람을 질리게 할 정도였다.

"어휴……."

그렇게 전용 접속 캡슐을 보며 한숨을 내쉰 나는 아무도 들어줄 리 없는 허공을 향해 중얼거리며 캡슐의 문을 열었다.

"어휴, 그래요. 이번만입니다, 아버지."

[삐빅! 접속 장치 열림.]

푸쉬이이익!

머릿속에 울리도록 설계되어 있는 특유의 기계음이 외부로 울려 퍼지며, 김이 빠지는 듯한 개폐음과 함께 캡슐은 복잡하기 짝이 없는 내부를 드러냈다.

인체 공학적으로 설계되어 편안한 내부와 그 주변을 징그럽게 채우고 있는 장치들의 조화가 기묘하기 짝이 없었지만, 나는 전선이며 글러브, 헤드기어 따위를 꺼내 숙련된 동작으로 몸에 설치하고는 지난 몇 년간 그런 것처럼 자연스럽게 캡슐에 몸을 뉘었다.

익숙한 포근함이 등허리를 감싸 안았고, 양옆에서 튀어나온 고정 장치가 내 몸이 움직이지 않도록 다리와 팔을 부드럽게 감싸는 것을 마지막으로 이내 아까와 같은 목소리와 개폐음이 들려왔다.

[삐빅! 접속 장치 닫힘.]

푸쉬이이익!

[삐이! 접속자 홍채 인증 완료.]

[삐이! 접속자 지문 인증 완료.]

....

[삐이! 접속을 시작합니다.]

[환영합니다, 박대로 님.]

차례로 들려오는 기계음에 살포시 눈을 감은 나는 간단히 테스트만 해보고 아버지에게 경과 보고를 해줄 생각이었다.

금쪽같은 휴일이기에 조금이라도 더 널브러져 뒹굴거리고 싶은 마음이 강한 탓이었다.

'물론 모든 유저의 상태를 확인할 수 있는 아버지니까… 조금 진행은 해야겠지만.'

그래, 정말 조금만 할 것이다.

정말 잔소리 듣지 않을 만큼만. 딱 그만큼만!

[띠딕! 접속 승인.]

나는 머리에 씌워져 있는 헤드기어에서 무언가가 얼굴 쪽으로 내려온다는 느낌을 받으며 그렇게 천천히… 다른 세상으로 빠져들어 갔다.

Chapter 2
넝쿨 나무 사람 걸렸네

끝없이 펼쳐진 광활한 초원.

사람의 인적이라곤 하나 없이 그저 강렬한 바람에 풀만 나부끼는 그곳 위로 느닷없이 작은 그림자가 나타났다.

츠츠츠츠

아무것도 없는 허공에 마치 점묘화를 그리듯 퍼져 나간 그림자는 점차 그 영역을 확대해 나갔고, 이내 고요한 평원 위로 사람 하나를 만들어냈다.

그렇게 평원 위에 덩그러니 놓인 사람은 절규했다.

"…이게 뭐야!"

휘이이이이이잉!

보이는 것이라곤 끝없이 펼쳐진 광야.

느껴지는 것이라곤 잔물결을 만들어내는 강렬한 초원의 바람뿐.

난 그곳 한가운데 서서 멍청한 표정으로 주변을 둘러보았다.

"뭐야, 이게 끝이야? 아이디 생성이나 캐릭터 커스터마이징도 없고… 그냥 바로 게임 시작? 아니, 그보다 최소한 캐릭터 이름 정도는 정해야 하는 거 아닌가?"

하지만 시간이 지나도 변하는 것은 없었다.

나는 아무도 들어주지 않을 불만을 쏟아냈다.

"아니… 최소한 튜토리얼 정도는 넣어놔야 하는 거 아니야? 가상현실 기기를 처음 사용하는 이용자였으면 어떡하려고… 적응 튜토리얼 정도는 있어야지… 아, 혹시 이게 튜토리얼인가?"

나는 게임에 접속함과 동시에 나타난 이 넓은 평원의 모습을 보며, 어쩌면 이곳이 튜토리얼 장소일지도 모른다고 생각했다.

사박.

'정말 이게 튜토리얼 과정일지도 모르겠군.'

앞으로 한 걸음 내딛자 발바닥을 통해 느껴지는 생생한 풀의 감촉과 여전히 매섭게 몰아치는 평원의 바람이 온몸을 훑고 가는 것을 느끼며, 이곳을 체험하는 것이야말로 가상현실에 적응하는 튜토리얼 과정이라는 것을 알 수 있었다.

"흠, 확실히 이런 자연물을 직접 느끼게 해주는 거야말로 가상현실에 적응시키는 가장 쉽고 빠른 방법일 테지만… 아무런 설명 없이 이렇게 던져 놓으면 놀라잖아. 옷도 제대로 안 주고 말이야."

이제 와 하는 말이지만, 지금 내 상태는 하반신에 딱 달라붙는 스판 재질의 회색 속옷만 걸친 채였다.

가상현실이 재현해 낸 감각의 위력을 알려주기엔 충분히 알맞겠지만, 그 이상으로 민망한 모습이기도 했다.

"아, 그래서 이렇게 혼자 있게 배려해 준 건가? 하긴, 이런 꼴로 다른 유저들이랑 마주친다면 같은 남자끼리라도 충분히 민망하겠지."

하물며 여자 유저가 뒤섞이는 날에는 회사에 소송이 빗발친다 해도 할 말이 없을 터였다.

지금껏 한참 욕하던 게임사, 그리고 이 게임의 개발자인 아버지의 치밀한 배려에 고개를 끄덕인 나는 아마도 튜토리얼이라 생각되는 이 공간을 벗어나기 위해 앞으로 달려가기 시작했다.

여전히 내 눈앞에는 이게 튜토리얼이라는 문구도, 어떻게 하면 이 체험 과정을 완료할 수 있다는 말도 나타나지 않았지만, 이 초원 자체에 답이 있으리라는 생각에 무작정 앞으로 달려 나갔다.

다다닷!

'으음, 역시 놀랍네.'

지난 3년간 이 게임의 가상현실 기능을 매일 같이 테스트하던 나지만, 언제 느껴도 이 가상현실이 전해 주는 생생한 감각은 놀랍기 짝이 없었다.

분명 내 실제 몸은 접속기라 불리는 캡슐 속에 있는 게 분명할 텐데도 몸에 자극을 전하는 몇몇 기기와 캡슐이 지원하는 몇 가지 기능만으로 완전히 다른 세상에서 이렇게 열심히 뛰고 있는 듯한 감각을 전해 준다는 게 지금도 믿기지 않을 정도였다.

헉! 헉! 헉!

폐부를 가득 채우는 초원의 맑은 공기.

탓! 탓! 탓!

발바닥 한가득 느껴지는 두터운 땅의 감촉.

후우웅!

송골송골 솟아나는 땀을 식혀주는 상쾌한 바람.

그 누가 이를 두고 현실이 아니라고 할 수 있겠는가.

'이렇게 오래 뛰어본 것도 꽤 오랜만이네.'

가상현실이 전해 주는 감각에 취해 꽤 오랜 시간 무작정 초원의 한 방향으로 달려 나가던 나는 여전히 모습을 드러내지 않는 게임의 인터페이스 창에 의문을 갖기보다도, 오랜만에 원 없이 달려본다는 생각에 기분이 좋아졌다.

물론 정말 원 없이 달리기만 할 생각이라면 현실에서의 러닝머신도 그 역할을 하기에 충분하겠지만, 이런 생생함은 오직 이곳 가상현실 속에서만 느낄 수 있는 특별함이었다.

'그나저나 이제 슬슬 뭐라도 나타날 때가 된 거 같은데……'

가상현실의 특성상 실제 게임 플레이 시간은 굉장히 짧을 테지만, 이곳에서 체감하기론 이미 거의 삼십 분가량을 달리기만 했을 터였다.

외부의 시간이야 어쨌든 이곳 안에서의 시간이 그만큼이나 지났으니, 이렇게 오래 튜토리얼이 진행되는 것은 성격 급한 유저들을 붙잡기엔 좋은 형태가 아니지 싶었다.

"이거, 아버지한테 말해서 다음 업데이트에 튜토리얼 환경을 좀 개선해 달라고 해야겠는걸."

물론 이 정도 문제쯤은 이미 아버지 쪽에서도 파악했으리라 생각되지만, 어쨌거나 아버지의 부탁으로 게임을 '확인'하고자 들어온 참이니 뭐라도 할 말이 생기는 건 나로선 좋은 일이었다.

그런데 바로 그때였다.

끝없이 이어지는 초원 한쪽, 불쑥 튀어나와 있는 동산에 올라 주변을 살피던 내 시야에 저 멀리 무엇인가 보였다.

'처음부터 이렇게 할걸!'

높은 곳에 오르면 더 멀리까지 볼 수 있다는, 당연한 상식을 잊고 그저 뛰어 올라가기 힘들다는 이유로 경사진 곳을 피하던 스스로를 책망하며 나는 눈앞에 등장한 새로운 무언가를 향해 다시금 뛰어갔다.

"헉, 헉… 저게 뭐지?"

새로운 걸 발견했다는 흥분에 전력으로 달려온지라 한층 거

칠어진 숨결을 토해내며, 한결 가까워진 무언가를 보고 중얼거렸다.

"…털 뭉치?"

초원 한복판에 놓인, 새하얗고 둥그런 털 뭉치는 세찬 바람이 불어오는 초원 위에서도 꿋꿋이 자리를 지키며 그저 간간이 좌우로 뒤뚱뒤뚱 흔들릴 뿐이었다.

조금은 이질적인 그 모습에 약간의 불안감을 느끼며 순간 멈칫했던 나는 이내 털 뭉치 속에서 쫑긋 솟아오르는 두 개의 귀를 보곤 피식, 웃으며 다시 느긋하게 다가갔다.

"뭐야, 토끼였나?"

털 뭉치에서 솟아오른 두 개의 귀는 움찔움찔 조금씩 움직이며 주변을 경계하는 듯 흔들렸고, 나는 그 귀여운 모습에 완전히 경계심을 풀고 접근해 갔다.

수많은 게임 속에서 초보자용 몬스터로 흔히 등장하는 토끼는 어찌 보면 튜토리얼의 제대로 된 시작을 의미하는 것일 터였다.

물론 여기까지 오는 과정이 정상이라 하기 힘들 만큼 오래 걸리긴 했지만, 어쨌거나 마침내 제대로 게임이 시작된다는 생각에 안도하며 저 멀리 한없이 작게만 보이는 토끼를 향해 다가갔다.

'근데 저 토끼를 맨손으로 때려잡아야 하는 건가? 아니면 근처에 가면 무기가 있으려나? 나야 이미 많이 해본 일이니 상관

없긴 하지만, 가상현실 게임이 처음인 유저에겐 너무 허들이 높은 거 아닐까?'

나름 개발자다운 몇 가지 생각을 하며 천천히 토끼를 향해 다가가던 나는 문득 이상을 느끼고 발걸음을 멈췄다.

우뚝.

'저거… 왜 저렇게 멀리 있지?'

토끼가 작게 보이는 만큼 그다지 놀라울 것도 없는 일이지만, 나에게 있어선 꽤나 심각한 의문이었다.

분명 작긴 하지만 여전히 선명히 보이는 모습을 보건대, 저 토끼의 위치는 가까운 거리에 있어야 했다.

하지만… 어째서일까?

토끼를 발견하고 꽤 걸어와 한층 선명하고, 한층 크게 보이기는 하지만… 여전히 토끼는 굉장히 멀리 떨어져 있었다.

비비적—

"가상현실 원근감이 잘못된 건가? 테스트 중엔 이런 경우는 없었는데…….."

눈을 비비고 봐도 여전히 선명하게 보이는 토끼와 나 사이의 거리는 내 상식과는 많은 괴리감을 갖고 있었다.

그리고 그때, 계속해서 둥그렇고 새하얀 엉덩이만을 보이던 토끼가 나의 기척을 탐지한 듯 귀를 쫑긋거리며 몸을 돌렸다.

커다랗고 탐스런 엉덩이에 비해 작고 앙증맞은 얼굴을 내 쪽으로 향하며 코를 곰실거리는 녀석을 보고 있자니, 순간 떠올랐던 의문조차 씻은 듯 사라지는 느낌이었다.

'크, 정말 귀엽게 잘 만들었네. 물론 실제 동물 모델을 가져다 썼으니 가능한 것일 테지만…….'

나는 새삼 가상현실이 가진 잠재력에 감탄하며 슬그머니 토끼를 향해 걸음을 옮겼다.

녀석은 아직 나를 빤히 쳐다볼 뿐이지만, 만약 위협을 느낀다면 단숨에 도망칠 테고, 이렇게 아무것도 없는 평원에서 내가 녀석을 잡을 방법은 전무했다.

그렇게 나는 토끼가 혹여 도망이라도 갈세라 조금씩, 아주 조금씩 토끼를 향해 다가가며 인자한 미소로 유혹해 나갔다.

"우쭈쭈쭈, 그래그래. 이리 온, 토끼야."

물론 사람의 말을 알아들을 리가 없는 토끼지만… 뭐, 누구든 길을 가다 귀여운 고양이나 강아지를 보면 이런 행동 한 번쯤은 해봤을 테니… 누가 보더라도 날 이상한 사람 취급하지는 않으리라.

그때, 그런 내 마음을 알아차리기라도 한 걸까?

토끼가 폴짝폴짝 뛰어 나를 향해 오는 것이 보였다.

'뭐야? 게임이라고 말도 알아듣게 해놨나?'

그야말로 아무 경계심 없이 순진한 눈망울로 다가오는 토끼를 보며 여전히 손짓으로 유혹하던 나는 곧 이상한 느낌이 들었다.

타다다다닷!

사람의 달리기로도 한참을 뛰어야 할 먼 거리를 단숨에 좁혀 오는 토끼의 속도는 둘째였다.

'저거… 덩치가 좀 큰 거 같은데?'

두타다다다닷!

거리가 가까워지면 가까워질수록 커져 가는 토끼와 그 뒤로 흩날리는 흙먼지를 보며 잠시 자리에 서서 고심을 하던 나는… 지금 당장 저 토끼가 달려와 머리로 들이받기만 해도 내장을 쏟으며 죽지 않을까 하는 생각이 들기 시작했다.

그리고 여전히 상당한 거리가 떨어져 있음에도 이미 내 키만 한 크기로 보이는 토끼를 보며 나는 마침내 생각을 정리했다.

'일단 튀자.'

투다다다다닷!

다다다다닷!

그렇게 끝이 보이지 않는 초원 한편에서 한 인간과 집채만 한 거대 토끼의 맹렬한 추격전이 벌어졌다.

"부장님."

"…왜?"

피곤한 표정으로 모니터 속을 가득 메운 글자들과 씨름하던 글로리아 컴퍼니의 박중혁 부장은 한창 자신의 일을 분담하고 있어야 할 부하 개발자가 맡겨진 일과는 아무 상관 없는 서류를 들고 자신에게 다가오는 모습을 보며 인상을 찌푸렸다.

"그… 아드님한테 테스터용 캡슐 보내셨죠?"

"그래. 그놈이 개발에 참여한 주제에 게임을 하기 싫대서 억지로 하라고 보내줬지."

특히나 처음에 준 접속기를 어딘가 꼬불쳐 두고 반항할 게 빤한 아들놈보다 한 수 앞을 내다보고 미리 포장까지 해서 기술자를 집 앞으로 보내놓은 방법은 아주 좋았다고 스스로 자찬하며 고개를 주억거리던 그는 이내 이어진 부하 직원의 말에 얼굴을 굳혔다.

"그거… 정식 접속기 등록이 안 됐는데요?"

"……."

"아마 게임 실행은 될 테지만… 정상 진행이 안 될 텐데… 튜토리얼이라든가… 초보자 마을 이용이라든가… 아니면 여러 버그가 있을 수도 있고…….."

"…접속 기록은?"

"그게… 그 기기로 접속한 걸론 나오는데… 아시다시피 유저의 활동 내역처럼 자세한 정보를 알아보려면 서버를 중단하고 메인 컴퓨터의 도움을 받아야…….."

"……."

"……."

그 말을 끝으로 두 사람 사이에는 침묵이 감돌았다.

잠시 후, 박중혁 부장의 물음을 통해 침묵이 깨어졌다.

"그거 접속한 지 얼마나 됐지?"

"예? 그… 시간은 꽤 됐습니다."

"그 녀석한테 전화는?"

"없습니다. 아직은요…….."

그 말을 끝으로 까끌까끌 수염이 난 턱을 쓰다듬은 박중혁 부장은 이내 자신의 의자에 깊게 몸을 묻으며 말했다.

"뭐, 그럼 괜찮겠지. 여태 전화가 없는 거면… 뭐, 그리고 그까짓 튜토리얼 같은 거… 없어도 잘할 거야, 그 녀석은."

"그럼… 그대로 둘까요?"

"그래. 뭐… 나중에 나 퇴근하면 그 녀석 모르게 설정 좀 바꿔놓지 뭐."

무소식이 희소식.

지금까지 연락이 없으니 다 잘된 것이리라.

그렇게 안일한 생각과 함께 대로에 대한 걱정을 놓아버린 박중혁 부장은 나중에 퇴근하면 몰래 캡슐 설정을 바꿔놓을 것을 다짐하곤 다시 고개를 돌려 한창 진행 중이던 자신의 일에 몰두하기 시작했다.

그렇게… 자신의 퇴근이 앞으로 두 달 후에 가능할 거라고는 미처 생각하지 못한 한 남자에 의해 리버스 라이프의 세상을 발칵 뒤집어놓을 괴물 탄생이 결정되었다.

같은 시각.

안일한 아버지 덕분에 고생길이 훤히 열린 줄도 모르는 한 남
자는…….

"으아아아악! 우와아아아아아악!"

삐에에에엑!

난생처음 들어보는 토끼의 울음소리를 등 뒤에 매달고 죽어
라 달리는 중이었다.

"누가 좀 살려줘!"

나는 인간의 달리기 속도를 한참이나 상회하는 거대 토끼를
피하기 위해 전력을 다해 달리다 갑자기 옆으로 뛰기도, 동산에
올라 구르기도 하며 아슬아슬한 추격전을 벌여 나갔다.

"로그아웃! 로그아웃!"

[전투 중에는 로그아웃을 할 수 없습니다.]

"전투 중이라니! 일방적으로 쫓기고 있을 뿐이잖아!"

야속한 게임 알림음을 들으며 나는 마지막 남은 희망을 녀석
의 어그로 상태에 걸었다.

어그로라는 것은 몬스터가 유저에게 갖는 관심도의 수치라고
할 수 있는데, 이게 높으면 높을수록 적대적이며, 대게 몬스터
들의 경우 자신의 일정 활동 범위를 벗어나면 어그로 수치가 초
기화되며 본래 자기의 자리로 돌아가기 마련이었다.

그리고 그건 저 거대 토끼라도 마찬가지.

꽤 오랜 시간 달아나고 있는 만큼 녀석의 활동 범위를 벗어나지 않았을까 하는 생각을 떠올린 것이다.

'그래, 지금 내가 고개를 돌렸는데 저 녀석의 돌아가고 있는 뒷모습이 보일지 누가 알겠어?'

가슴 깊은 곳에 미적지근한 희망이 차오르자, 많은 생각을 거치기도 전에 절로 고개가 돌아갔다. 물론 혹시나 하는 생각에 다리를 멈추는 안일한 짓은 하지 않았다.

홱!

…철저함의 승리라고 해야 할까, 아니면 겁쟁이의 행운이라고 해야 할까?

뒤를 돌아본 결과, 어쨌거나 긴장을 늦추지 않은 내 선택은 틀리지 않았음을 알 수 있었다.

삐애애액! 삐끼에에엑!

"완전 전투 의욕 만땅이잖아! 게다가 토끼 울음소리… 무서워!"

…최소한 헛된 희망에 모든 걸 걸다가 한 방에 죽어버리는 참사는 피할 수 있었으니 말이다.

펄쩍! 데구루루루!

귀여운 비주얼과 완전히 상반되는 괴물 토끼의 울음소리에 혼비백산하는 와중에도 불만을 토로하며 다시금 좌우로 정신없이 굴러다닌 나는 어느새 초원의 끝에 다다랐음을 알 수 있었다.

그도 그럴 것이, 정신없이 도망치다 보니 자신이 달리고 있는
곳이 초원이 아니라 나무가 울창한 숲속이 되어 있으니 모르려
야 모를 수가 없었다.

'여긴 또 어디야!'

다행인지 불행인지, 숲속은 토끼의 시야로부터 몸을 가려줄
은폐, 엄폐물이 많았다.

하지만 애당초 맨몸으로 이런 나무가 우거진 숲속을 달려 야
생동물로부터 도망친다는 것 자체가 무리였기에 토끼를 떼어놓
을 수는 없었다.

'그래도 숲이라면……!'

여전히 인간인 나에게 불리한 자연환경이긴 하지만, 저렇게
커다란 몸집을 가진 토끼가 이런 울창한 나무숲을 마음대로 돌
아다니지는 못할 터였다.

아니, 운 좋게 나무에만 올라갈 수 있다면 보다 안전하게 저
괴물 토끼로부터 도망칠 수 있을 것이었다.

'최소한 토끼가 나무를 탄다는 말은 들어본 적이 없으니까!'

물론 저 괴물 토끼가 내게 나무에 올라갈 수 있는 시간을 준
다는 전제하에 가능한 일이긴 하지만…….

나는 어떻게든 타이밍을 잡아 나무에 올라갈 생각으로 숲을
헤집고 다니기 시작했고…….

우지직! 우지끈!

…녀석은 그런 나를 따라 착실히 나무를 몽땅 부숴 버리며 달려오고 있었다.

'저게 토끼라고?!'

방금 전 지나친 거대한 고목이 부러지는 소리에 나도 모르게 고개를 뒤로 돌릴 뻔했지만, 지금 뒤를 돌아본다면 부러지는 소리는 나무가 아니라 내 목이나 허리에서 날 것임을 알기에 그런 무모한 짓을 하지는 않았다.

다만…….

'나무에 올라가는 거… 괜찮은 거겠지?'

…작은 걱정 하나가 생겼을 뿐이다.

후두두둑!

푸드득!

끼엑! 뀌에에엑!

거대 토끼의 등장에 보금자리를 잃어버린 새들이 하늘 높이 날아오르고, 갑작스런 습격자의 등장에 당황한 다른 야생동물들이 내 옆을 같이 달리기 시작했다.

두두두두두두!

끼이잉! 끼엥!

뀌엑!

'크윽, 이 녀석들!'

양 눈에 그렁그렁한 눈물이 맺힌 모습으로 내 바로 옆을 달려 도망치는 사슴들과 일가족을 이끄는 멧돼지 무리를 보며 약간의 동질감을 느낀 내 눈에도 눈물이 맺혔다.

'그래, 이 녀석들을 발로 차서 넘어뜨리고, 관심이 이놈들한 테 몰리면 그사이에 도망치는 거야!'

이거야말로 살아남을 수 있는 확실한 방법이라는 생각에 무 한한 감동이 밀려왔다.

나는 눈물 가득한, 감동이 벅차오른 눈으로 같은 방향으로 달 려가던 동물들을 하나씩 훑어봤다.

그리고… 가장 먹음직스러우면서도 발로 차서 한 방에 넘어 뜨릴 수 있을 만한 녀석을 고르기 시작했다.

'이놈은 너무 세 보여… 발로 찼다간 내 발모가지가 남아나 지 않겠어. 저 녀석은 무거워서 안 넘어질 거 같고…….'

그렇게 내가 녀석들을 선별하는 사이, 그저 내 느낌일 테지만 그런 내 시선을 느낀 야생동물들이 자기들끼리 눈빛을 주고받 는 것이 보였다.

투다다다다다!

다다다다다닥!

"어… 어어? 가, 같이 가!"

나의 생각을 읽기라도 한 것일까, 아니면 그 녀석들도 나를 미끼로 쓸 생각을 한 거였을까?

숲을 집으로 살아가는 야생동물을 따라잡기에 인간의 발걸음 은 너무나 느렸다.

"제길, 어쩔 수 없지!"

순식간에 나에게서 멀어져 가는 동물 무리들을 보며, 나는 그들 중 그나마 가장 속도가 떨어지는 작은 새끼 사슴을 향해 전력으로 달렸다.

저 녀석을 놓친다면 이번에야말로 죽고 말리라!

나는 마지막 온 힘을 다해 무리에서 조금 뒤처져 달리던 새끼 사슴을 향해 몸을 날렸고, 사슴의 몸에 손이 닿기 직전… 한 가지 확실한 사실을 깨달을 수 있었다.

퍼억!

'내가… 미끼라니……!'

기다렸다는 듯 내 가슴팍을 차서 날려 버리는 사슴의 뒷발차기는 조금 전 내가 생각한, 녀석들 중 하나를 발로 차 넘어뜨려 미끼로 썼을 경우의 가장 이상적인 모습을 만들어내고 있었다.

풀썩—!

데굴데굴데굴!

새끼 사슴의 뒷발차기 한 방에 강제로 바닥을 구르고, 그걸 통해 토양의 신선함을 직접 체감하게 하며 가상현실의 뛰어남을 알다니, 이 얼마나 치밀한 튜토리얼인가…….

사실상 자포자기한 상태에서 실없는 생각을 하던 내가 멈춰 선 곳은, 거대 토끼와 그리 멀리 떨어지지 않은 거리의 커다란 나무 근처였다.

"젠장, 그래. 먹으려면 먹어라, 이 자식아!"

턱!

한계에 달한 체력 탓에 더 이상 도망칠 생각조차 못했다.

나는 마침 내가 도망쳐 온 길을 따라 나무를 부수고 나타나는 거대한 토끼의 모습을 보며 연신 손가락을 치켜세웠다.

"인마, 니 몸뚱이가 그렇게 큰데… 나같이 조그만 거 하날 먹겠다고 여기까지 쫓아와? 넌 몬스터 주제에 어그로 범위도 없냐? 응? 망할 버그 게임 같으니……."

이미 내 상황이 튜토리얼과는 거리가 멀다는 것을 직접 몸을 통해 알아낸 나는, 이 상황이 버그라고 생각하는 중이었다.

물론 이 게임에 수십 년간 심혈을 기울였고, 일에 관해서는 철두철미한 아버지를 떠올리면 지금의 이 상황조차도 의도된 내용이 아닌가 싶었지만, 순순히 그렇다고 인정하기엔 지금껏 겪은 내용이 말이 되지 않았다.

세상에 초보 유저를 필드 한가운데 떨궈놓고 '알아서 살아남으십쇼' 하는 게임이 있을 리가 없지 않은가.

'뭐… 그런 컨셉의 게임이 아예 없는 것은 아닐 테지만…….'

어쨌든 리버스 라이프가 그런 류의 게임이라곤 생각하지 못했기에 연신 속으로 투덜거리던 나는 오늘 일을 몽땅 버그 리포트에 쓸 생각과 함께 곧이어 닥쳐올 고통의 수위를 떠올리며 눈을 감았다.

'아, 젠장. 더럽게 아프겠지? 작은 토끼한테 HP가 줄어들어서 죽는 게 아닐 테니까… 아, 차라리 머리를 대고 있을까? 즉사

하면 시스템에서 자동으로 고통을 없애줄 텐데.'

테스터 경험을 통해 알고 있는 가상현실 시스템의 고통의 구현도를 떠올리며 내심 한숨을 쉬던 나는 꽤 시간이 지났음에도 기다리던 결말이 오지 않자 살며시 눈을 떴다.

그러자 내 시야에 이상한 광경이 들어왔다.

"…뭐야, 저 녀석?"

두리번두리번.

무엇을 찾는 것인지 연신 주변을 두리번거리고 있는 거대 토끼.

"저 녀석… 나를 못 찾는 건가?"

나는 조금 회복된 몸으로 기대 있던 나무에서 등을 떼고 일어서 녀석을 관찰했다.

그 순간.

쫑긋!

그 커다란 귀가 마치 나를 쫓는 레이더라도 되는 듯 움직였고, 거대 토끼 녀석은 나를 확인하자마자 다시 돌진해 오기 시작했다.

투다다닷!

"우, 우와아악!"

주춤주춤― 턱!

그야말로 집 한 채가 달려오는 듯 거대한 박력에 밀려 뒤로 물러서던 나는 다시금 나무에 등을 대고 섰고, 그와 동시에 놀라운 장면을 목격할 수 있었다.

지이이이익!

두리번두리번—!

엄청난 속도로 가속하던 녀석은 내가 나무에 등을 기대기 무섭게 자리에 멈춰 섰고, 또다시 나를 잃어버린 듯 주변을 두리번거리기 시작했다.

"…설마."

나는 거대 토끼의 반응을 주시하며 살며시 등을 나무에서 뗐고, 그 순간 좀 전처럼 내가 있는 곳을 향해 쫑긋 움직이는 토끼의 귀를 확인할 수 있었다.

턱!

"이 나무의 효과인가?"

바로 코앞에 있음에도 나를 전혀 알아차리지 못하는 거대 토끼의 모습을 보며, 그제야 내가 여태껏 기대고 있던 나무의 모습을 확인할 수 있었다.

"크, 크다……!"

고개를 최대한 치켜들어도 끝이 보이지 않는 높이와 거대 토끼를 압도하는 둘레는 이 나무가 평범한 것이 아님을 한눈에 알게 해주었다.

'응? 저건…….'

그 위용만으로 모든 것을 압도하는 거대한 나무를 살펴보던 내게 문득 눈에 들어오는 게 있었다.

나는 혹여 토끼에게 발각될까 나무에서 손을 떼지 않고 그것을 향해 걸어갔다.

"…사다리?"

이 숲, 이 자연의 정점이라고 해도 좋을 만큼 거대한 위용을 자랑하는 나무에겐 어울리지 않을 만큼 작은 줄사다리였다.

얼핏 보기엔 마치 자연스레 그런 모습이 된 것처럼 늘어진 덩굴이지만, 가까이서 확인하니 분명 교묘하게 넝쿨이 훼손되지 않게 엮어놓은 흔적이 있었다.

'호오, 단순히 신기한 힘을 가진 나무만은 아니란 거군?'

자연계의 식물이 사다리 모양으로 자랄 리는 없을 터.

분명 이 나무에는 무언가 비밀이 있는 것이 틀림없었다.

"…올라가 볼까?"

조금 전까지만 해도 빨리 게임에서 나가 쉬고 싶다는 생각뿐이던 나였지만, 거대 토끼의 위협이 사라지기 무섭게 호기심이 머릿속을 채웠다.

아니, 오히려 거대 토끼가 있기에 더욱 이 모험이 기대가 되었다.

사실 게임을 시작한 이후 한 것이라곤 죽어라 돌아다니다가, 거대 토끼를 만나 다시 죽어라 도망친 것뿐이지 않은가.

이 게임에 들어와 즐긴 거라고는 오직 넓은 초원의 바람뿐이었다.

안전이 보장되고 나니, 이 게임에 시간을 쏟은 것에 대해 본

전 생각이 나기 시작한 것이었다.

'내 휴일을 할애해서 기껏 접속했는데, 이렇게 아무것도 못해보고 종료할 수야 없지.'

버그인지, 의도인지는 알 수 없지만, 어차피 지금의 내가 가진 거라곤 회색 스판 팬티뿐인 초보자. 잃을 것도 없으니 위험도를 알 수 없는 미지의 모험도 즐거운 여흥거리에 지나지 않았다.

"좋아, 가자!"

나는 힘차게 넝쿨 사다리를 손에 쥐었다.

그러고는 잠시 뒤, 한참 동안 넝쿨 사다리를 오르던 나는 큰 문제에 봉착하고야 말았다.

"이거… 사다리로 저 끝까지 올라가야 하는 건 아니겠지?"

바닥에서 고개를 들어 올려다봤을 때, 그 끝이 보이지 않던 거대한 나무였다.

처음엔 기세를 타고 쭉쭉 올라갔지만, 문득 정신을 차리고 보니 이미 내려가기엔 지금껏 올라온 게 아까울 만큼 높은 곳에 올라와 있었다.

이대로 끝까지 올라가자니, 지금까지와는 비교도 안 될 만큼의 거리가 눈에 들어왔다.

문득 후회가 밀려오고, 슬슬 팔다리에 힘이 빠졌다.

이제 이런 게임 그만해도 되지 않을까?

허무한 마음에 아까 토끼에게 쫓길 때 그런 것처럼 로그아웃을 외쳤지만……

[안전지대에서 로그아웃하시기 바랍니다.]

…이런 불안정한 장소에서 로그아웃이 될 리가 없었다.

"그래… 여기까지 와서 다시 내려갈 순 없지……."

로그아웃이 안 된다는 것까지 확인해 본 마당에 하기엔 좀 쪽팔린 말이긴 하지만… 기왕지사 이렇게 된 거, 체력이 허락하는 한 최대한 올라가 보기로 했다.

어차피 휴일도 그리 많이 남지 않았고, 아마 이대로 게임을 나간다면 평생 다시 접속하지 않게 될 가능성이 크기에 내린 결심이었다.

'남자가 칼을 뽑았으면 무라도 썰어야지!'

게임에 접속했으면 고생만 하다 끝 게 아니라 뭐라도 재미를 좀 봐야 하지 않겠는가!

비록 아버지 등쌀에 못 이겨 접속한 게임이지만, 개발에 참여했던 개발자이자 테스터로서, 그리고 유저로서 이 게임을 즐겨 주겠다고 다짐했다.

사람은 마음먹기 나름이라고 했던가.

그렇게 속으로나마 다짐을 하니 점차 지쳐 가던 몸에 다시 힘이 솟아오르고, 덩굴 사다리를 오르는 팔다리에 한결 힘이 들어갔다.

그렇게 다시… 시간이 지났다.

"…살려줘."

가상현실이라곤 하나 여태껏 해온 일이라곤 달리기뿐인 1레벨짜리 초보자에게 이 넝쿨 사다리는 너무 크나큰 시련이었다.

올라가도, 올라가도 끝이 안 보이는 것은 둘째 치고, 이미 한계에 달한 스태미나가 그 이상의 움직임을 불허했다.

사실 오히려 지금까지 스태미나가 버텨준 것이 기적에 가까웠다.

아니, 정확히는 내가 1레벨이기에 가능한 기적이었다.

이곳 리버스 라이프는 새롭게 오픈한 게임답게 신규 유저, 초보 유저에게 꽤 많은 혜택을 제공하고, 스태미나를 비롯한 체력 등의 엄청난 회복력도 그런 혜택에 포함되어 있었다.

물론 이런 혜택은 레벨업을 할수록 줄어들어 가상현실이라는 이름에 걸맞게 아주 낮은 수치로 보정이 되지만, 최소한 1레벨의 유저가 게임을 진행하다 체력이 모자라 급사하여 게임에 흥미를 잃지는 않도록 배려가 담겨 있었다.

극단적인 예로 1레벨 캐릭터의 경우, 목에 동맥이 끊겨 피가 솟구치더라도 소모되는 것보다 회복되는 HP 양이 많아서 죽지 않을 정도의 괴물 같은 회복력을 가지고 있었다.

물론 이 역시 가상현실이라는 이름 아래 진행되는 만큼 실제 그런 상태로 계속해서 살아 있는 것은 불가능하다. 충분한 회복 없이 지속적으로 체력과 스태미나를 소모할 경우 그 최대 수치는 조금씩 줄어들어 회복의 효과가 반감되고, 최종 단계에 가서는 최대 수치가 회복될 때까지 행동 불능 상태에 빠지게 된다.

즉, 강제로 휴식 타임에 들어가는 것이었다.

물론 이런 혜택에 대해 나는 전혀 모를 뿐 아니라, 테스트 당시 이렇게 체력이 낮은 캐릭터로 빈사 상태가 되도록 힘을 써볼 일이 없었기에 이런 시스템에 대해 알고 있지 못했지만, 지금 내 몸이 한계에 달해 움직이기를 거부한다는 정도는 짐작할 수 있었다.

"후… 차라리 죽을까?"

결국 나무 넝쿨에 의지해 매달린 채 죽음에 대해 고찰하던 나는 문득 떠오른 바가 있어 허공에 대고 외쳤다.

"스테이터스!"

〔캐릭터 : No. 0 (넘버 제로)〕

Lv : 1
HP 1/1 (회복 중)
MP 100/100
SP 1/1 (회복 중)

근력 12(+), 체력 14(+), 민첩 16(+), 지능 10, 지혜 10

"이럴 줄 알았어! 이미 만들어진 캐릭터였잖아!"

눈앞에 나타난 반투명한 창의 여러 가지 내용을 읽어본 나는 아무것도 없는 허공에 대고 화를 냈다.

너무 늦은 감이 있지만, 늦게나마 확인해 본 내 캐릭터의 스테이터스는 지금까지 일어난 일을 설명하기에 충분히 도움이 되는 내용이었다.

"넘버 제로라니… 테스트할 때 생성한 캐릭터를 그대로 갖다 놓은 거야? 어쩐지 캐릭터 생성 과정이 없더라니!"

넘버 제로는 한창 개발이 진행 중이던 리버스 라이프의 가상 현실 개발팀에 들어가면서 받은 내 테스터 넘버였다.

본래 모집 예정에 없던 나였기에 번호를 사용하기보단 이름도 알릴 겸 닉네임을 지을 생각이었지만, 아버지가 오히려 기억에 잘 안 남는다면서 강제로 쥐어준 것이 제로라는 넘버였다.

물론 내 이름인 대로와 제로의 어감이 비슷하다는 설명이 있긴 했지만, 사실 그냥 아버지 취향에 제로라는 닉네임이 마음에 들었기 때문이다.

게다가 당시의 나 역시 어린 마음에 제로의 어감이 멋있다는 이유로 부여 받은 닉네임에 대해 좋아하긴 했지만…….

조금 시간이 지나 나를 아는 회사의 모든 사람이 현실에서든 테스트 실에서든 '제로', '제로야' 하고 부르는 통에 철들고 나서부터는 별로 좋아하지 않는 숫자가 되었다.

그리고 정식 서버에 접속한 지금, 내 캐릭터의 이름이 넘버 제로인 이유는… 뭐, 달리 있겠는가. 그냥 이 망할 아버지가 아들을 놀려 먹을 생각으로 이런 계정을 쥐어 준 것이 틀림없었다.

물론 실제론 그냥 테스터 기기와 정식 서버 간의 호환 문제로 생긴 버그에 불과했지만, 이를 모르는 대로로선 아버지가 일부러 벌인 일이라는 생각밖엔 들지 않았다.

'이 망할 아부지!'

조만간 나를 놀려 먹은 대가를 치르게 하리란 생각으로 이를 갈아보지만, 그렇다고 바뀌는 것은 없었다.

넝쿨 사다리에 의지하며 몸을 늘어뜨린 나는 더디게 차오르는 체력과 스태미나 회복 수치를 보면서 멍하니 있는 것밖엔 할 게 없었다.

로그아웃도 할 수 없고, 그렇다고 이제 와 죽자니 그건 또 아까워, 내가 할 수 있는 건 정말이지 그것뿐이었다.

결국 오도 가도 못하는 상태로 가상현실이 만들어낸 위대한 자연의 경관을 감상하며 체력이 회복되길 기다리던 나는 문득 아래쪽 나무의 밑에서부터 무언가 다가오는 게 느껴졌다.

휙! 휙!

'…사람?'

아래쪽에서부터 무서운 기세로 올라오는 그것은 얼핏 사람과도 같은 형상을 띠고 있었다.

하지만 아무리 생각해 봐도 사람 사는 곳이랑은 거리가 먼 장소인지라 섣불리 판단하기는 힘들었다.

특히나 단순히 빠른 정도가 아니라 넝쿨 사다리를 펄쩍펄쩍 뛰어 올라오는 그 형태를 보건대, 어쩌면 원숭이가 아닐까 하는 생각이 들기도 했다.

'그래, 차라리 원숭이라면 좋겠군. 이렇게 기다리기도 지치는데, 맞아 죽을 수 있게 말이야.'

이곳까지 오르며 했던 각오며 다짐 따위는 넝쿨에 매달려 자연 풍광을 지켜보는 동안 사그라든 지 오래였다.

한창 몰두하여 열을 올리던 일이 생각지도 못한 난관에 막히니 흥미를 잃은 것이었다.

이른바 현자 타임이라고나 할까.

그렇게 밑에서부터 올라오는 무언가를 멍하니 기다리던 나는 지루함에 나무를 발로 차며 놀기 시작했다.

퉁~ 턱!

퉁~ 턱!

그 행동에 특별한 의미가 있는 것은 아니었다.

그냥 운동장에서 교장 선생님 훈화 말씀을 듣다 보면 자신도 모르게 발끝으로 바닥에 깊은 홈을 만들곤 하지 않던가.

내가 지금 나무를 차는 행동은 딱 그 정도의 일이었다.

다만……

"호오?"

투우웅~ 터억!

투우웅~ 터억!

내가 매달린 위치가 위치인 만큼 그게 생각지도 못한 재미를 주었다는 것이 다를 뿐이다.

"이거 꽤……."

투웅~!

중얼거리며 나무를 박차는 내 몸은 그 반동으로 공중에 훌쩍 떴다가, 이내 팔에 휘감아 잡은 넝쿨의 탄성에 의해 다시 원래 자리로 돌아오길 반복했다.

마치 그네를 타는 듯이.

그것도 거의 최고 높이에서 그네를 타는 스릴 만점의 상황이니, 그 재미는 롤러코스터며 자이로드롭 같은 놀이 기구에 비할 바가 아니었다.

'시간 때우기에 제격이군!'

체력이 꽤 회복된 탓에 조금 더 자유롭게 움직일 수 있게 된 것뿐인데 이런 재미난 놀이를 찾아내다니… 나의 천재성에 스스로 감탄이 나올 지경이었다.

'조금만… 더 세게 차볼까?'

지금도 발로 찰 때마다 바람에 흔들리는 가랑잎마냥 허공을 흐느적흐느적 유영하는 아슬아슬한 모습이지만, 인간은 적응의 생물이었다.

그렇게 위태로움을 즐기는 사이, 어느새 조그만 자극에 만족하지 못하게 된 내 몸은 더욱 큰 스릴, 더욱 큰 자극을 원하고 있었다.

"조, 조금만… 조금만 더 세게 하는 거야… 흐흐……."

스읍.

어째선지 조금 음침해진 목소리와 함께 입가에 흐르는 침을 닦아낸 나는 이미 밑에서 올라오던 것의 존재는 까맣게 잊은 채 무아지경에 빠져 나무를 박찼다.

투우우웅~!

지금 낼 수 있는 최대의 힘으로 나무를 박차며 허공에 떠오른 내 몸은 아주 잠시지만 마치 나는 듯한 모습으로 하늘에 오래 떠 있을 수 있었다.

그곳에서 내려다보는 주변의 풍광은 분명 같은 높이에서 보는 것임에도 훨씬 더 멋있고, 훨씬 더 매력적인 모습이었다.

"우오! 우오옷!"

하지만 재미는 거기까지.

세상에 위험하지 않은 놀이 기구가 없듯, 내가 고안해 낸 이 놀이도 치명적인 단점이 있었다.

퍼어억!

"우어억!"

몸이 바람에 나부끼는 탓에 예정보다 오래, 그리고 예상치 못한 방향으로 날아갔다 돌아오는 반동으로 나무와 뜨거운 스킨십을 할 수밖에 없었다.

"크윽, 아프지만 재밌어!"

무언가 굉장히 이율배반적인 감각이 공존하는 기분에 순간

새로운 영역에 눈을 뜨는 기분이지만, 아직 나라는 인격체는 충분히 스스로를 제어하고 있었다.

"하, 한 번만… 마지막으로 딱 한 번만 더…….."

내 이성은 이미 마지막 한 번을 허락했으니 말이다.

"사람이 왜 몸을 망치면서도 마약에 중독되는지 알겠어…….."

뭔가 비유가 다른 것 같긴 하지만, 어쨌든 이미 이 놀이에 재미가 들린 나는 이번이 정말로 마지막이라는 생각에 정말 온 힘을 다해서 나무를 박찼다.

투곽!

지금까지와는 질적으로 다른 소리가 허공에 울려 퍼지고, 나는 허공에서 넝쿨에 감아둔 팔을 제외한 나머지 팔다리를 활짝 펼쳤다.

"나, 난다!"

부우우웅~

때마침 불어오는 거센 바람은 지금껏 느낀 것 중 가장 강력했기에, 날다람쥐마냥 팔다리를 쭉 뻗은 내 몸을 허공에 장시간 떠 있게 해주었다.

그러던 그때.

강력한 바람에도 끄떡없이 빠른 속도로 올라오던 무엇인가가 중력 따위는 무시한다는 듯, 펄쩍펄쩍 뛰며 순식간에 내 앞으로 다가왔다.

서로 이런 상황은 예상하지 못했는지, 허공에서 서로를 마주 보게 된 둘은 이 황당한 상황을 단 한마디로 표현했다.

"엥?"

"어?"

　바람을 타고 허공을 유영하던 나는 어쩔 수 없지만, 자신의 의지로 나무를 뛰어서 오르던 상대는 나를 발견한 즉시 나무 넝쿨에 안정적으로 매달렸다.

　사실상 내 의지로 떠 있는 게 아니던 나는…….

　'예… 예쁘다……!'

　갑자기 나타난 상대방의 미모에 정신을 못 차렸다.

　'세상에, 저게 사람이야?'

　나 자신이 비춰 보일 만큼 맑고 깨끗한 눈동자와 그에 어울리는 크고 시원한 눈매, 오뚝한 콧날, 도톰한 붉은빛 입술, 어두컴컴한 숲속에서도 자체 발광하는 새하얀 피부까지…….

　상투적이지만 이보다 완벽하게 모습을 표현하는 말들이 없을 만큼 내가 아는 한 가장 완벽한 미녀가 내 앞에 있었다.

　느닷없이 나타난 상대의 압도적인 미모에 문득 이곳이 게임 속이라는 것조차 잊었다.

　그러고는 놀란 눈으로 쳐다보는 그녀에게 불쑥 말을 걸고자 했지만… 그녀의 입이 열리는 게 더 빨랐다.

　"까아아아아악! 변태야아아앗!"

　하늘을 수놓는 높다란 비명 속에서 나는 잠시 잊고 있던 문제한 가지를 떠올렸다.

'아… 나 지금 속옷만 입고 있던가?'

오랫동안 혼자 있던 탓에 지금껏 인식하지 못한 그 사실은 굳이 미모의 여자가 아니더라도 낯선 누군가와 대화를 하는 조건으론 아주 어려운 문제 중에 하나라고 할 수 있었다.

아니, 굳이 따지자면 친한 사람이라도 조금 꺼려지는 조건이랄까.

어쨌든 큰 애로 사항이 있음을 깨달은 나는 허공에 활개 치고 있던 손을 뻗어 최소한의 예의를 지키고자 필사적으로 움직였지만… 그것은 결과적으로 안 하느니만 못한 경우가 되었다.

"어, 어어어?"

사실 이런 기묘한 위치에서 불어오는 강풍과 기적이라고밖엔 생각할 수 없는 여러 조건들이 합쳐진 결과가 바로 조금 전 나의 비행이었다.

하지만 그 과정까지의 수많은 조건만큼이나 그 균형을 깨뜨리는 조건 역시 수없이 많았고, 하반신을 가리기 위해 손을 회수한 나의 반사적인 행동은 그런 조건들 중에서도 가장 치명적인 행동이었다.

"으어어어어… 으아악!"

뱅글뱅글!

바람에 휘날리는 몸은 넝쿨에 얽힌 손에 의지해 허공을 돌았고, 나는 그 와중에도 살아보겠다는 일념 하나로 내 몸을 지탱하는 넝쿨을 향해 남은 팔을 뻗었다.

"끼야아악! 이리 오지 마!"

퍼억!

어떻게든 살아보고자 팔을 뻗은 게 그리도 위협적이었던 것일까.

나는 결코 의도하지 않았음에도 불구하고, 먼저 다가온 주먹에 의해 또 한 번 허공을 유영해야만 했다.

"끄어억!"

휘리릭!

'이, 이대로 죽는 건가……?'

예상을 훌쩍 뛰어넘는 주먹의 위력에 나는 잡고 있던 넝쿨조차 놓치고 한참이나 몸이 떠올라 버렸다.

아마 이변이 없다면 이대로 바닥에 닿기까지 긴 시간 하늘을 날다가 처참하게 죽게 되리라.

'아… 그 토끼 녀석 아직도 밑에 있으려나? 그래도 먹히는 건 싫은데…….'

꾸욱!

이번에야말로 진정 죽음이 임박했음을 느낀 나는 죽을 때 죽더라도 그 토끼한테 먹히는 일은 없었으면 좋겠다는, 실없는 생각을 하면서 조용히 눈을 감았다.

한 많은 1레벨 초보자의 삶은 이변이 없는 한 이제 끝이리라.

그리고… 이대로 로그아웃이 되거든 당장에 회사로 쳐들어가 아버지의 멱살을 잡고 흔들어주리라.

하지만 나의 생각은 너무 이르다는 듯, 변덕스러운 숲의 바람이 생각지도 못한 이변을 일으켰다.

"어, 어어어?"

휘리릭! 휘릭!

바닥을 향해 자유낙하를 시작한 순간, 갑자기 솟구치듯 불어온 바람이 나의 몸을 부드럽게 감쌌다.

그러더니 주변의 넝쿨들과 사다리로 이어진 넝쿨들이 한데 엉켜 내 몸을 감싸 안으며 부위별로 튼튼하게 나를 잡아맸다.

목에 걸린 넝쿨 한 줄기가 하나의 고리를 만들며 가슴 앞에 모이고, 기묘하게 말려 올라온 바람은 그 넝쿨들에 여러 개의 매듭을 만들어냈다.

이내 나머지 넝쿨들이 내 가슴을 감싸며 등 뒤로 넘어가고, 정말 신비하게도 목에 만들어진 고리를 통해 자연스럽게 당겨지며 내 몸을 더욱 단단히 고정했다.

그것만으로도 내 몸은 떨어지지 않을 정도가 되긴 했지만, 죽음이 임박한 순간 나의 손은 생명줄을 찾아 나머지 줄기로 향했고, 때마침 내 목 뒤의 고리를 통과한 넝쿨 줄기가 양손에 잡혔다.

그리고… 다시 한 번 바람이 불었다.

휘오오오오오!

휘릭! 휘리릭! 챠락착!

쫘아아악!

겨드랑이를 파고들어 가슴 쪽으로 넘어온 넝쿨이 안정적으로 대흉근을 고정시키며 내 몸을 감쌌다.

대흉근을 받치며 다시 한 번 등 뒤로 넘어간 넝쿨은 허리를 타고 흘러 내려와 아직 헐겁던 앞쪽 매듭을 몇 번이고 지나쳐 허리와 골반을 단단하게 잡아주었다.

그러고도 힘이 남은 넝쿨은 허공에서 허우적거리는 내 양 손목을 잡아채며 안정적으로 매달리게 했으며, 나의 몸을 받치는 데는 공헌하지 못했지만 아까의 바람에 함께 날아오른 넝쿨 한 줄기가 갈피를 못 잡는 나의 양 발목을 한데 모아주며 나의 추락을 완벽하게 방지해 주었다.

꾸우우욱!

쫘아아아아악!

"아……!"

그 강력하고도 안정적인 조임에 나도 모르게 안심의 신음성이 나오려는 찰나, 나의 정신을 일깨우는 목소리가 들려왔다.

"음… 아주 훌륭하군."

"……?"

굵고도 낮은 중저음. 매력적인 남성의 목소리는 편안함 속에 몽롱하게 변해가던 나의 시선을 잡아끌기에 충분했고, 목소리가 들려온 곳을 향해 고개를 돌리자 그곳엔 놀라운 모습이 펼쳐져 있었다.

"…나무에 서 있어?"

"호오, 이런 방식이라니… 연구할 만한 가치가 있군."

나의 중얼거림은 안중에도 없다는 듯 나무 넝쿨에 몸을 의지하고 있는 나를 관찰하는 그를 보며, 나 역시 그를 관찰해 나갔다.

마치 중력이 존재하지 않는 듯, 나무의 옆면에 아무렇지도 않게 서 있는 기묘한 모습.

그런 기행을 펼치는 사람치곤 너무나도 멀쩡하게… 아니, 너무나도 잘생긴 남자의 모습은 나로선 도저히 이해할 수 없을 만큼 호기심과 탐구욕으로 가득 차 있었다.

"후, 역시 자연이란 놀랍고도 대단하군."

"오, 오빠… 이제 괜찮아?"

나를 관찰해 나가는 남성의 뒤로 갑자기 가냘픈 목소리와 함께 작은 그림자가 하늘하늘 걸어 나왔다.

앞에 선 남자의 체구가 워낙 좋은지라 뒤에 여자가 있음에도 전혀 보이지 않았던 것이다.

'…그 여자인가?'

조금 전, 나의 복부에 강렬한 정권을 먹이는 것으로 나를 죽음의 문턱까지 날려 보냈던 여자.

결과적으로 안 죽기는 했지만, 그 순간 내가 느낀 죽음의 공포만큼은 진짜였다.

'흐음… 오빠라…….'

이제 와 생각해 보면, 과연 한 핏줄이라고 할 만큼 여자와 남자는 모두 뛰어난 미남 미녀였다.

또한 여자가 날 보고 비명을 지를 때, 밑에서 무언가 큼지막한 그림자가 뛰어오르는 것을 본 듯도 했다.

그렇게 두 사람의 모습을 조심스레 관찰하던 그때, 나의 눈에 띈 무언가가 있었다.

"어? 그 귀……."

"오빠, 이제 괜찮은 거지? 나 나가도 돼?"

"그래, 나와도 좋다. 이제 이 앞에 있는 건 예술품이니까!"

내가 무언가 말을 하기도 전에 남매는 각자 이야기를 마치더니, 마침내 남자의 등 뒤로부터 아까의 그 미녀가 얼굴을 새빨갛게 붉힌 채 걸어 나왔다.

그러고는…….

'흠, 이 여자도 나무 기둥을 딛고 걷잖아? 그렇담 역시 이 사람들은…….'

"이… 이게……."

"자, 어떠냐, 동생아! 자연의 선물, 완벽한 귀갑 묶기다!"

"이… 이게 뭐야, 이 변태야아아아아앗!!"

퍽! 퍼벅!

삐빅—!

[체력이 떨어집니다.]

내가 정신을 잃기 직전, 마지막으로 내가 본 것은… 여자의 주먹에 맞고 자유낙하 운동을 하는 남자와, 얼굴을 새빨갛게 붉히며 눈을 질끈 감고 있음에도 불구하고 프로 복싱 선수를 보는 듯 숙련된 자세로 나의 무방비한 복부를 향해 어퍼컷을 날리는 여자의 모습이었다.

삐빅—!

〔상태 이상 : 기절〕
자체 회복이나 특별한 아이템에 의해 회복되기 전까지 사용자를 수면 모드로 전환합니다.

'갑자기… 왜…….'
그리고 완전히 의식을 잃는 그 순간까지 나는 내가 왜 맞았는지 알지 못했다.

Chapter 3

엘프

삐빅—!

[기절 상태에서 깨어납니다.]

"으… 으음……."

'뭐지? 아직도 게임 속인가?'

게임 캐릭터와 같이 실제로 정신을 잃었던 나는 이제 조금은 익숙해진 알림음과 함께 천천히 눈을 떴다.

쩍—! 쩍쩍!

'햇살? 아침인 건가?'

지금 내가 있는 곳이 어디인지는 알 수 없지만, 창문을 통해 들어오는 햇살의 따스함은 지금이 아침임을 알려주었다. 그와 더불어 귓가를 간질이는 새의 울음소리와 상쾌한 공기는 지금 이곳이 현실이 아닌 게임 속임을 새삼 깨닫게 했다.

'…응? 잠깐, 지금이 아침이면, 실제 시간은 몇 시지?'

현실과의 몽롱한 경계 속에서 이곳이 가상현실 속임을 확인한 내가 가장 먼저 확인한 것은 게임 밖의 리얼 타임이었다.

RT(Real Time) — AM 02:10

"휴, 다행이군."

나는 게임에서 지원하는 시계 기능을 통해 시간을 확인하곤 작게 한숨을 쉬었다.

이곳 리버스 라이프의 세상은 여섯 시간을 하루로 설정하여 현실 시간의 하루는 이곳에선 나흘이었다.

그렇기 때문에 저 새벽 두 시란 시간은 아침이 오려면 약 하루가량의 시간이 남았다는 의미이기도 했다.

'하루를 이렇게 길게 보내니, 이것도 나쁘지는 않군.'

비록 뇌에 신호를 보내는 것으로 하루를 4분할하여 느끼게 하는 것에 불과하지만, 그것만으로도 충분히 획기적이라고 할 만한 기술이었다.

언제나 시간의 모자람을 탓하는 사람들에게 있어 이만큼이나 유용한 기술이 없을 테니 말이다.

'대표적으로 우리 아버지 같은 사람이 해당되겠지.'

글로리아 컴퍼니란 거대 회사의 선진 기술 개발 과학부의 부장이자 이 게임의 대부분을 직접 개발한 그는 정말이지 하루가 부족한 사람이었다.

매일매일 일을 함에도 일거리가 끊이지 않았고, 다 끝났다고 생각되는 일도 다시 되짚어보며 마음에 들 때까지 수정하길 반복하는, 철저한 일벌레이기도 했다.

그런 아버지는 이 기술이 개발되기 무섭게 스스로 테스터를 자처하며 하루의 절반 이상을 지금 내가 들어와 있는 것과 같은 기종의 테스터용 접속기 안에서 살곤 했다.

덕분에 아버지의 얼굴을 직접 보는 일이 별로 없어 아쉽긴 했지만, 간혹 마주치는 아버지의 얼굴에서 피곤함이 가셨다는 점은 꽤나 긍정적인 결과였다.

'뭐, 여섯 시간을 하루로 느끼게 하는 기술이니… 짧은 수면을 긴 수면으로 느끼게 하는 것도 어려운 게 아닐 테지.'

실제로도 나는 분명 게임 설정에 의해 강제로 잠들었을 뿐 아니라, 현실 시간으로 단 몇 시간에 불과한 짧은 수면을 취했음에도 불구하고 굉장히 몸이 개운함을 느낄 수 있었다.

물론 이 개운함은 게임 속 캐릭터가 회복되어 느끼는 감각이 아니라, 실제 게임에 접속 중인 내 몸의 상태를 말하는 것이었다.

비록 게임 속 캐릭터에 동화되어 있다곤 하지만, 집중만 한다면 얼마든지 현실의 몸을 컨트롤할 수 있는 게 가상현실의 장점이었다.

이런 기능은 사실 조금 위험한 감이 있지만, 만약 그런 게 불가능하다면 게임 시스템에 오류가 있어 로그아웃 기능이 작동하지 않을 때 이용자가 자력으로 접속기를 벗을 수가 없다.

'물론 오류가 생길 거라곤 추호도 생각하지 않지만.'

이 거대한 게임의 전체 내용 중 내가 개발에 참여한 것이라곤 전투와 관련된 액션뿐이었다.

다시 말해 몸을 사용하는 아주 단순한, 한정적인 것에 불과하지만, 그래도 3년간 개발실을 들락날락거리며 주워들은 내용은 적지 않았다.

그리고 그중에는 이 게임의 서버이자 게임 내 모든 인공지능을 총괄하는 메인 컴퓨터와 관련된 내용도 있었다.

이 세상에 단 한 대밖에 존재하지 않는, 지금 시대에조차 오버 테크놀로지라 불리기에 충분한 괴물 슈퍼컴퓨터 '시드'.

이 컴퓨터를 만들기 위해 세계 굴지의 기업인 글로리아 컴퍼니가 허리띠를 졸라매야 했다는 소문이 돌 정도이니, 그 성능만큼은 확실한 녀석이었다.

전에 얼핏 듣기로는 전 세계의 모든 사람들이 동시에 접속해서 전쟁을 벌여도 무리가 없을 성능이라는 말을 들은 기억도 있었다.

'거기에 이 게임은 아버지가 직접 설계한 녀석이니… 그런 오류가 있을 리 없지.'

물론 사람을 이상한 데 떨어뜨려 놓고 제대로 된 튜토리얼도 없이 게임을 진행시키는… 사소한 버그가 있긴 하지만 말이다.

'…원래는 적당히 하고 잘 생각이었는데, 생각지 못하게 푹 자는 바람에 시간이 남아버렸네.'

물론 지금이라도 게임을 종료하고 더 잠을 자는 거야 문제도 아닐 테지만, 현재 밖의 시간은 새벽 두 시. 몇 시간 더 잠을 자고 아침에 출근을 하기에는 미묘한 시간대였다.

게다가…….

"이곳은 꽤나 호기심을 자극하는 곳이기도 하니까……."

조금 전까지 누워 있던, 부드러운 풀잎을 잔뜩 엮어서 푹신하게 만든 침대하며, 아무리 봐도 나무의 안쪽을 깎아서 만들어놓은 걸로밖엔 안 보이는 집안의 전경까지…….

모든 게 다 신비롭고 궁금한 것들뿐이었다.

'거기에… 기절하기 직전에 만났던 그들… 그 잘생긴 외모와 그 귀 모양은…….'

넝쿨에 매달린 나를 보며 엄지손가락을 치켜세우던 남자와 나에게 어퍼컷을 먹이던 여자의 미모, 그리고 그런 그들의 미모를 돋보이게 하는 길쭉하고도 뾰족한 귀의 모양을 떠올리며 분명 엘프임을 확신했다.

'후후, 내가 테스트할 때 엘프들은 아직 모델링이 안 끝나서 비공개 상태로 움직임만 재현되어 있었는데… 기대가 많이 되는군.'

물론 모델이 미완이라고 해서 일을 하지 않을 수 없는 만큼 직접 엘프가 돼서, 혹은 엘프를 상대로 싸우는 입장이 되어 테스트도 해봤다.

하지만 정체를 알 수 없는, 시키면 모형이 되어 움직이는 것은 썩 기분 좋은 일이 아니었고, 덕분에 내 기억 속 엘프는 그닥 좋은 이미지는 아니었다.

그러나 이곳에서 만난, 완성된 엘프들은 예전의 기억을 깡그리 날려 버릴 만큼 강렬한 임팩트를 가지고 있었다. 비록 현재까지 본 엘프라고 해봐야 두 명뿐이지만, 그것만으로도 다른 엘프들의 모습을 기대하게 만들기에 충분했다.

하지만 단순히 기대만 하기엔 엘프들이 호의적일 거란 생각은 너무 낙천적인 판단이라고 할 수 있었다. 일단 기절한 나를 이런 방 안에 데려다 놓은 것을 보면 적대적이라곤 생각되지 않지만, 그렇다고 무작정 믿을 수도 없는 노릇이었다.

"오, 그러고 보니 옷도 입고 있잖아?"

이 게임에 들어와 처음으로 보는 아이템의 모습에 눈을 동그랗게 뜬 나는 내심 기대를 하며 옵션을 확인했다.

하지만 옷은 상하의의 이름만 다를 뿐, 말 그대로 평범한 옷에 불과했다.

〔리넨 옷 상의〕
등급 : 노멀

내구도 : 10
방어력 : 0

'하긴 대단한 템이라기엔 평범한 모습이니…….'

예쁜 녹색으로 물든 부드러운 소재의 옷이지만, 사실 단순히 외형만을 놓고 보면 그냥 펑퍼짐한 일상복 내지는 작업복 정도로밖엔 보이지 않는 물건이었다.

거기에 지금 떠올려 보니 기절하기 전에 만난 두 엘프 역시 흔히 엘프를 연상케 하는 하늘하늘한 옷이 아니라 각자의 무장을 단단히 갖춘 모습이었다.

특히 그중에서도 나를 빤히 관찰하던 남자 쪽은 전사인 듯 화려한 부분 갑옷을 챙겨 입고 있었기에 나도 처음에 그들이 엘프라고 생각하지 못했던 것이다.

그리고 그들의 옷에 비하자면 지금 옷은 외견만으로도 거적때기나 다름없으니, 특별함을 기대하기엔 무리가 있었다.

"뭐, 그래. 없는 것보단 낫긴 하지… 그럼 일단 가까이 있는 엘프들을 직접 감상해 보실까?"

아까의 만남을 통해 숲의 요정인 엘프들이 나뭇잎으로 만든 아슬아슬한 옷을 입고 산다는 흔한 환상은 깨졌다.

하지만 아까 그들의 모습을 보건대, 엘프 족이 미남, 미녀라는 것은 충분히 잘 고증된 듯싶었다.

게다가 햇살이 쏟아지는 창문을 통해 간간이 들려오는 와자

한 목소리들은 듣는 것만으로도 마음이 편안해지고 맑아질 만큼 고운 미성들이 많은지라 나도 모르게 흐뭇한 미소가 얼굴에 지어졌다.

그렇게 아이템에 대한 미련을 버린 나는 본래의 목적이던 엘프의 모습을 보기 위해 자리를 박차고 일어나 나무로 된 벽면 한쪽, 문이라 추정되는 곳을 활짝 열었다.

벌컥!

그러고는……

째—릿!

끼이익, 달칵.

조용히 문을 닫았다.

풀썩!

'뭐, 뭐지?'

삐빅—!

〔상태 이상 : 공포〕
일정 시간이 지나면 해제됩니다.
— 자세한 설명 보기 —

지정도 하지 않은 물음표 이모티콘이 머리 위로 떠오를 만큼 의문으로 가득해지는 순간이었다.

다만, 한 가지 확실한 건 내가 문을 연 순간, 다리에 힘이 빠질 만큼 강렬한… 그리고 소름 돋는 시선들이 나에게 쏘아져 들어왔다는 점이다.

'다시… 조금만 열어볼까?'

하지만 문을 열기엔 조금 용기가 부족했기에… 나는 침대가 있는 쪽으로 돌아가 조금 전까지 햇살이 들어오던 창문을 살짝 열고 그 틈새로 주변을 살폈다.

"아… 아무도 없나?"

하지만 내가 본 창문 쪽은 아마도 엘프들이 이용하는 공간과는 반대쪽인 듯, 보이는 것은 울창한 풀과 여전히 따사로이 내리쬐는 햇살뿐이었다.

꿀꺽.

'역시 저 문을 열지 않으면 안 되는 건가.'

물론 누군가 나를 발견할 때까지 이곳에서 기다린다는 선택지도 있지만, 그게 언제일지도 모를 지금 상황에서 시간을 끄는 것은 조금 꺼려지는 일이었다.

여전히 이 게임을 하며 무엇을 하겠다는 특별한 목적의식이 있는 건 아니지만, 그래도 어제저녁부터 지금까지 소중한 휴일을 할애해 게임을 했음에도 달리고, 도망치고, 기어오르고, 묶이고, 맞는 것뿐이란 점은 나를 다시금 문밖으로 향하게 만들었다.

결국 다시 아까의 문 앞에 선 나는 심호흡을 하며 생각했다.

'그래, 죽기 아니면 까무러치기지. 까짓거, 설마 정말 죽겠어?'

게다가 사실 이 몸은 죽어도 잃을 게 없는 초보자가 아니던
가.

주머니엔 땡전 한 푼 없고, 가진 거라곤 불알 두 짝과 회색의
속옷, 그리고 이곳에서 깨어나 보니 입고 있던 녹색의 펑퍼짐한
옷뿐이었다.

그렇게 다시 마음을 가다듬고 심호흡을 하며 아까처럼 벌
컥…은 아니고, 천천히 문을 열었다.

그런데 때마침 들어오려던 이가 있었는지, 문을 열자마자 가
녀린 체구의 인영이 보였다.

"으, 응? 넌?"

"어… 어어……."

손에 무언가 약초 즙 같은 것이라 추정되는 녹색 액체가 담긴
그릇과 쟁반을 든 채 나를 보며 어버버거리고 있는 그녀는 아까
나를 어퍼컷 한 방으로 기절시킨 여자 엘프였다.

비록 그녀와 마주친 이래로 지금까지 그다지 좋은 기억은 없
지만, 어쨌거나 안면이 있기도 한데다 미녀인지라 절로 환한 웃
음이 피어났다.

화알짝!

그리고 무엇보다 미녀였고!

누가 뭐래도 미녀이지 않은가!

나는 반가움에 너스레를 떨며 그녀가 들고 있는 쟁반을 들어
줄 생각으로 손을 뻗으며 말했다.

"아, 혹시 그거 약이야? 나 때문에 가져온 건가? 어쨌든 반가……."

"끼야아아아아아아아아아악!!"

물론 끝까지 실행되지는 못했지만…….

엘프 마을을 쩌렁 울릴 만큼 목청 좋은 비명에 순식간에 다시금 시선들이 나에게 집중되었고, 나는 아까의 경험을 토대로 반사적으로 주춤 뒤로 물러섰지만…….

'응? 아까랑은 조금 다른 느낌인데?'

아까의 시선이 굉장히 무섭고도 소름 돋는… 알 수 없는 위협과도 같은 것이라면, 지금의 시선은 굉장히 불쾌하고, 무언가 쓰레기를 보는 듯 경멸 섞인 시선들이 대다수였다.

다행히 이런 시선은 버틸 만했다.

물론 그런 시선을 받는다는 것도 문제긴 했지만…….

'이게 대체 무슨 일이람…….'

여전히 상황 파악이 덜된 나지만, 어쨌거나 눈앞에 벌어진 상황을 수습할 생각으로 비명을 지르다 주저앉은 엘프녀를 보며 다시 손을 뻗었다.

그녀가 넘어지며 쏟아버린 그릇을 주워 들려는 생각이었다.

"오지 마아아앗! 임신당해 버렷!"

"이봐……."

내가 다가가기 무섭게 앉은 채로 순식간에 멀어지는 그녀를 보며 나는 멍한 표정이 되었다.

대체 인간에 대해 뭘 어떻게 생각하고 있기에 저런 말이 나올 수 있다는 말인가.

그 순간, 나는 혹시나 하는 심정으로 고개를 들어 주변을 훑어봤다.

나를 쓰레기 혹은 그에 준하는 무언가로 보고 있던 수많은 여성 엘프들의 시선이 내 고개가 향하는 즉시 주변으로 흩어져 갔다.

"......."

그 태도는 마치 '눈이 마주치면 임신해 버리니 피해야 해!' 같은 의미를 담은 것처럼 보였기에 어쩐지 가슴 한편이 쓸쓸해졌다.

결국 나의 시선을 피해 엘프들은 분분히 흩어져 버렸고, 주변에 남은 상대라곤 여전히 내가 다가가는 만큼 멀어지는 주저앉은 엘프녀뿐이었다.

결국 선택의 여지가 없는 나는 이미 거의 울기 일보 직전인 그녀를 보고 작게 한숨을 쉬며 말했다.

"저기……."

"오, 오지 맛!"

'아무리 말도 안 되는 소문이 있다고 하지만, 그렇게까지 무서워하면 아무리 철면피인 나라도 상처를 받는단 말이지…….'

그렇게 조금 의기소침해진 내가 그릇과 쟁반을 주섬주섬 정리하는 사이, 어느새 잔뜩 무장한 일단의 건장한 남성들이 몰려

들었다.

그러자 바닥에 주저앉아 있던 엘프녀는 그들 중 선두에서 다가오는 남자를 향해 달려가며 외쳤다.

"오빳!"

'오빠……?'

그녀의 목소리에 고개를 돌려 그들을 바라본 나는 일전에 봤던 남자와 엘프녀가 포옹하는 모습을 훈훈하게 감상했다.

그러다 문득 나를 향하는 소름 끼치는 시선에 그 주변으로 시선을 돌렸다.

째―릿!

부르르르!

함께 온 일단의 남성 엘프 무리는 나와 시선이 마주했음에도 도망가는 기색이 전혀 없었지만, 그보다 훨씬 거북한 반응이 이어졌다.

'쟤, 쟤들 왜 저래?'

어째선지 잔뜩 흥분한 눈으로 나를 쳐다보는 녀석부터, 내 몸을 위아래로 핥듯이 훑어보는 녀석까지…….

그야말로 온몸에 닭살이 돋게 만드는 시선들이 나를 향해 쏟아졌다.

'설마… 아까도 이 녀석들이었나?'

이제 와 생각해 보니 아까 나를 공포에 빠뜨린 시선도 지금과 비슷했다는 생각이 들었다.

내가 남자 엘프들의 시선을 피해 마치 부끄러움 타는 소녀마냥 옷을 잡아당겨 피부의 노출도를 최소한으로 하는 사이, 훈훈한 포옹을 끝낸 남성 엘프가 그녀를 돌려보내며 나에게 다가왔다.

척! 척! 척! 척!

스윽——

움찔!

무장한 갑옷 특유의 발걸음 소리를 내며 나에게 다가온 오빠 엘프가 나에게 손을 내밀었다.

본능적으로 거부감을 느낀 내가 저도 모르게 살짝 몸을 떨었지만, 오빠 엘프는 신경 쓰지 않는다는 듯 바닥에 쭈그려 앉은 내 몸을 가볍게 일으키며 말했다.

"하하하! 이거, 오랜만에 우리 마을에 온 손님인데, 불쾌한 경험을 시켜 버렸군."

팡! 팡! 팡!

"어억! 억!"

어째선지 호탕한 웃음소리를 내며 내 등을 팡팡, 두드리는 그의 모습은 마치 소설이나 영화 속 호걸을 보는 듯 멋진 모습이지만, 나는 지금까지의 경험을 통해 확신할 수 있었다.

'이 녀석이다! 이 녀석이 바로 그 시선의 주인이야!'

조금 전 경험으로 아까의 그 소름 끼치는 시선이 바로 이들 무리의 시선임을 확인한 차였다.

하지만 지금 느껴지는 소름 돋는 시선은 여전히 불쾌하긴 했지만, 공포를 느낄 정도로 강렬했던 아까의 시선과는 질적으로 달랐다.

즉, 무언가 빠진 게 있다는 소리였다.

그리고 지금 여기 모인 남성 엘프들 중 유일하게 그런 종류의 시선을 보내지 않고 있는 녀석이 있다면 오직 하나, 지금 이 오빠 엘프뿐이었다.

그 말인즉슨, 이 오빠 엘프야말로 공포를 느끼게 만든 주범이라는 의미와 동일했다. 물론 이 자리에 빠진 다른 엘프가 없다는 전제하에 말이다.

'이 녀석… 위험해!'

본능이 어서 이 녀석으로부터 도망치라고 외치고 있지만, 그저 등을 두드릴 뿐임에도 불구하고 HP가 빈사 직전에 달했다는 경고 메시지를 본 나로선 도저히 도망칠 엄두가 안 났다.

"그래, 궁금한 게 많겠지. 우리도 이방인 모험가는 난생처음이라 궁금한 게 많아. 자세한 이야기는 안에 들어가서 하자구."

"……!"

가만히 그가 하는 말을 듣고 있던 나는 이방인 모험가라는 이야기에 눈이 번쩍 뜨였다.

이방인. 그것은 이곳 리버스 라이프의 모든 인공지능이 유저를 칭하는 단어였다.

게임 속 세상을 현실로 인식하고 살아가는 AI들을 납득시키기 위해 이 이방인이란 키워드에는 수많은 설정과 다양한 안배가 되어 있기에, 모든 NPC는 따로 정체를 감춘 게 아닌 이상 모든 유저를 알아보며 이방인이라 부르도록 되어 있었다.

'흠, 그렇다면 확실히 이곳은 마을… 그것도 아직까지 아무도 찾아오지 않은 지역이란 의미군.'

애당초 게임의 시작부터 남달랐던 나이기에, 대충 이곳이 일반적인 게임 시작 지점은 아닐 거라 생각하고 있던 차였다. 하지만 그렇다고 내가 이곳에 온 첫 번째 유저라니… 아직 할 일도 정하지 않았는데, 벌써부터 막막한 느낌이었다.

어쨌든 이대로 있을 수만은 없으니, 나는 한숨이 푹푹 묻어나는 발걸음으로 그를 따라 다시 집 안으로 들어갔다.

그러자…….

"이봐, 다들 거기 서서 뭐하는 거야? 들어와."

와아아!

우르르르르!

그저 집에 들어오는 것뿐인데 어째선지 환호까지 내지르며 몰려 들어오는 남정네들을 보며 나는 속으로 차마 드러낼 수 없는 절규를 했다.

'대체 뭘 하려는데 이렇게 많은 사람이 필요한 거야! 이런 땀내 나는 남자들은 아무리 잘생겼어도 싫어! 싫다고! 니 동생이라도 불러줘!'

"다 들어왔지? 마지막에 들어온 사람이 문 닫도록 해."

철컥!

바깥과의 단절을 선언하는 문소리와 함께… 꽤 넓어 보이던 집 안이 땜내 나는 남자들로 가득 차자, 나에게 다탁 앞의 자리를 권한 오빠 엘프가 내 맞은편에 앉으며 말했다.

"그럼… 이제 이야길 시작해 볼까?"

씨이익—

흠칫!

부르르르…….

나를 바라보며 부드럽게 웃어 보이는 그의 웃음 속에서… 나는 아까의 공포심을 다시 느꼈다.

Chapter 4

그리고 또 엘프

"흠… 그래, 뭐부터 말하는 게 좋을까……."

두려움 가득한 기색으로 쭈뼛쭈뼛 오빠 엘프를 보고 있던 나지만, 의외로 말을 시작하니 진지한 표정이 된 모습에 조금 안심하고 이야기에 귀를 기울일 수 있었다.

"아, 그래. 간단히 통성명부터 할까? 나는 이 마을의 전사장 칸 엘누. 그냥 칸이라고 부르면 돼."

"아, 예… 저는 대… 아니, 제로라고 합니다."

"오늘 우리 마을 여자애들의 행동 때문에 기분 나빴지? 미안해. 아무래도 어린 여자 엘프들이라 숲을 나가 인간을 본 녀석들이 아직 없거든. 어른들이야 인간이 신기한 게 아니니 애당초 너를 신경 쓰지도 않지만… 어쨌든 그나마 내 여동생이 또래 중엔 가장 뛰어나서 최근 밖에 나갈 수 있게 훈련을 하는 정도지."

"아, 네……."

나를 보고 도망가던 여자 엘프들.

확실히 그들이 이 마을에 있는 여자 전부라기엔 수가 적다 싶더니만, 나이가 많은 엘프들은 애당초 나한테 관심이 없어서 나와 보지 않은 듯싶었다.

그렇게 평범한 대화 속에 다시 한 번 작은 안심을 한 나지만, 아직 경계심을 완전히 버리지 못해 여전히 쭈뼛쭈뼛 대답했다.

그러나 상대는 그런 나의 태도는 안중에도 없다는 듯 시원하게 웃으며 말을 이어갔다.

"하하, 게다가 내가 분명 설명을 잘했다고 생각했는데, 꼬마 녀석들이 어째선지 너랑 대화를 하거나 눈을 마주치면 임신을 해버린다느니, 그런 쪽으로 이해를 해버린 거 같더라고. 하하하!"

'당신, 대체 뭘 어떻게 설명을 한 거야!'

당장에라도 앞에 앉은 엘프의 멱살을 잡고 뒤흔들고 싶은 마음이 간절했지만, 차마 그럴 용기는 없기에 그것은 마음속 생각으로 그쳤다.

"그래도 걱정하지 마. 이미 눈도 마주치고 대화도 한 내 여동생이 임신하지 않았다는 사실을 알면 금방 괜찮아질 테니까!"

척!

그렇게 말하며 나를 향해 '모두 잘될 거야'라는 제스처로 엄지손가락을 치켜세우는 칸을 보며, 이번에야말로 그냥 죽을 각오를 하고 한 대 쥐어박는 것이 어떤가에 대해 고심했다.

"아, 그래도 손은 잡지 않는 게 좋아. 그 녀석들… 그것만큼은 절대로 믿을 테니까."

진지한 표정으로 나를 보며 말하는 이 녀석을 차마 직접 때릴 자신은 없기에 필살의 밥상 뒤집기라도 할 생각으로 다탁의 모서리를 힘주어 잡은 나는 이내 이어진 칸의 말에 살며시 힘을 뺄 수밖에 없었다.

"뭐, 그런 얘긴 됐고… 이젠 네 처우에 관한 이야긴데……."

"네, 네. 말씀하시죠."

사실상 나무에 매달린 채 말라 죽었을 나를 구해다가 이렇게 데려온 것을 보면 딱히 해칠 생각은 없어 보이지만, 그래도 이후에 내가 어떻게 될지는 중요한 이야기였다.

'뭔가 상황이 엄청 꼬이긴 했지만… 어쨌든 신비한 엘프 마을에 온 첫 손님인 거잖아? 뭐라도 있겠지.'

새로운 던전, 새로운 마을을 발견한 모험자에게 그만한 혜택이 돌아가는 것은 게임의 정석.

지금 당장 받은 거라곤 펑퍼짐한 옷 한 벌뿐이지만, 이렇게 심각한 표정으로 말(물론 이전부터 얼굴만큼은 진지하긴 했다)하는 걸 보니 무언가 특별한 것이 있음을 직감할 수 있었다.

'남은 시간은… 현실 시간으로 여섯 시간 정돈가? 여전히 이

곳 시간으로 하루 정도군.'

비록 길지는 않지만, 무언가 특별한 보상도 받고, 엘프 마을을 구경하기엔 충분한 시간이었다.

'뭐, 무슨 아이템을 주든 간에 오늘 이후로 이 게임을 다시 들어와 그걸 쓰게 될 확률은 낮지만……'

그렇다고 주는 걸 거절하는 건 예의가 아니지 않겠는가.

그리고 대단히 값진 물건을 준다면 아버지가 자랑하는 이 게임의 인기를 보건대, 여러모로 생계에 도움이 될지도 몰랐다.

'그렇다면 저번에 산 흐물흐물한 바나나는 다 잼 같은 걸로 만들어 버리고, 이번에야말로 속살이 하얀 바나나를 사다 먹을 수 있겠지.'

나는 얼마 전 신년 맞이 세일에서 싼값에 사들인 싸구려 과일들을 떠올리며 앞에 앉은 엘프 몰래 군침을 삼켰다.

그때, 칸이 예의 그 진지한 표정과 음성으로 말을 이었다.

"사실 처음 우리 마을을 찾아온 이방인인 너에게… 원래 지침대로라면 줘야 할 게 있거든."

"예? 아이구, 뭘 그런 걸 다. 저는 하나~도 필요 없는데."

마치 그런 선물 같은 건 기대도 안 했다는 양 능청스런 연기를 펼치는 나를 위아래로 훑어본 칸은 수긍한다는 듯 고개를 끄덕이며 말했다.

"그래, 너한텐 필요 없는 물건이긴 하지."

"…예?"

조금 예상과 벗어난 대답인 탓일까?

나도 모르게 반문을 해버렸지만, 칸은 친절하게도 내 반사적인 행동이 질문인 줄 알고 차분히 이유를 설명해 줬다.

"너는 알고 왔는지 모르겠지만, 사실 우리 마을이 있는 이곳은 평범한 모험가는 절대 도달할 수 없는, 굉장히 위험한 곳에 위치해 있거든. 그래서 원래는 아주 강한… 아주 특별한 모험가만이 이곳에 도착할 수 있도록 설계되어 있었고, 그런 모험가에게 줄 선물을 정해뒀는데……."

"…약해 빠진 제가 왔다는 거군요."

"…뭐, 그런 셈이지."

애당초 자의로 이곳에 온 게 아닌 나로선 조금 억울한 감이 있지만, 그다지 납득하지 못할 만한 이유도 아니었다.

게임 시스템상 원래대로라면 고레벨의 유저가 도착해 받았어야 할 보상이 내가 이곳에 옴으로 인해 꼬였다는 의미니까 말이다.

'흐음… 그럼 곤란하지. 아버지가 설계해 놓은 게 꼬이면.'

사실 게임 속에서 고생을 한 만큼 이곳의 발견자에게 주는 보상이 상당히 탐이 나긴 했지만, 나 역시 나름 개발자의 프라이드를 갖고 있었다.

또한 버그성 플레이로 인해 아버지에게 민폐를 끼치는 것 역시 나로선 달갑지 않은 일이었다.

'아깝지만… 어쩔 수 없지.'

고레벨 유저를 위한 보상이니만큼 상당히 값진 물건인 게 틀림없을 테지만, 더 이상 할지 안 할지도 모르는 게임에서 한순간의 욕심으로 많은 것을 망치는 건 옳지 못하다는 생각에 나는 그에게 거절의 뜻을 밝히기로 했다.

그때, 고심하던 나를 보며 오빠 엘프가 먼저 입을 열었다.

"그래, 사실 당장 너한테 줘도… 익히기 힘들 거야. 우리가 준비한 건 엘프 비전의 체력 단련술이거든."

"엘프 비전의 체력 단련술?"

"그래. 특정 규칙에 따른 움직임을 반복해서 몸의 균형을 바로 세우고, 맑은 정신을 깃들게 하는 무술의 일종이지."

"흠……."

들어보니 이들이 준비한 건 어떤 무기나 방어구처럼 단순한 아이템이 아니라 스킬 북인 듯싶었다.

스킬 북이라는 것은 분명 아이템의 한 종류긴 하지만, 대개 한 번 사용하면 사라지는 1회용의 소모성 아이템인 만큼 사용에 있어 신중을 기해야만 했다.

그도 그럴 것이, 대단한 스킬 북을 얻어 스킬을 습득하더라도 특정 직업이 아니면 구현하지 못하거나 일정 수준에 오르지 않으면 발동하지 않는 등 다양하고 까다로운 조건을 가진 스킬이 많기 때문이었다.

하물며 나 같은 초보자라면 엘프의 비전이니 뭐니 하는 고급 스킬을 습득한다고 한들 도움이 될 리 없거니와, 팔아먹고자 하려 해도 최소한 유저들의 수준이 이곳에 올 정도가 되었을 때가 되어서야 팔 수 있을 것이다.

'고급 스킬을 아무렇게나 시장에 풀어놓을 수는 없으니까 말이지.'

하지만 그래서야 나에겐 아무런 의미가 없었다.

애당초 이 게임을 오늘 이후로 접속할 의지도 별로 없거니와, 언제가 될지도 모르는 순간을 위해 게임의 밸런스를 무너뜨리는 일은 하고 싶지 않았다.

그렇게 보상에 대한 설명을 통해 더욱 확고한 결심을 내린 나는 칸에게 말했다.

"뭐, 그럼 안 받는 거로 하겠습니다."

"…뭐?"

나의 이런 당당한 태도가 의외였던 것일까, 아니면 나의 대답 자체가 의문이었던 것일까?

마주 앉은 칸은 당황한 기색이 역력한 모습으로 반문했고, 나의 몸… 정확히는 펑퍼짐한 옷 사이로 드러난 내 목과 가슴 언저리를 훔쳐보던 다른 엘프들도 놀란 듯 눈을 동그랗게 떴다.

"그… 진심이야? 우리 엘프의 비전이라고."

"예. 관심 없습니다."

"그, 그러니까… 그래, 아까 나랑 동생이 나무 기둥을 딛고 걸어 다니는 거 봤지? 그것도 엘프 비전의 효과야. 어때, 대단하지 않아?"

'흠, 확실히 그 중력을 무시한 움직임은 대단했지. 그렇다면……'

더더욱 받을 수 없었다.

이 게임의 액션을 담당했던 나로선 그런 사기적인 움직임이 가능해졌을 때 가능할 만한 여러 가지가 단숨에 머릿속을 스치고 지나갔고, 그런 물건이 나에 의해 봉인되는 것도, 나에 의해 너무 일찍 공개되는 것도 싫었다.

"네, 그렇다면 더더욱 받을 수 없겠군요."

쿠─웅!

나의 대답에 그야말로 안색이 시커멓게 변한 그의 얼굴은 나로선 이해가 가지 않는 부분이지만, 어쨌든 나의 생각은 한결같았다.

"뭐, 그럼 그런 걸로… 선물은 다음에 이곳에 찾아오신 분께 드리는 게 좋겠네요. 죄송하지만, 이만 저는 가보는 게……."

덥석!

"자, 잠깐!"

이들의 눈에 안 띄는 곳에서 로그아웃할 생각으로 자리에서 일어섰던 나는 필사적으로 팔을 붙잡는 칸의 행동에 살짝 고개를 갸웃거렸다.

"뭔가 문제라도 있습니까?"

"그, 그게 그러니까……."

칸이 무언가 말하기를 주저하며 머뭇머뭇거리고 있자, 뒤에 있던 다른 엘프 하나가 다가와 그에게 귓속말을 했다.

"대장, 차라리 사실대로 말하고 부탁하죠."

"야, 세상에 어떤 남자가 다른 남자한테 몸 보여주는 걸 좋아하겠냐?"

"아, 그럼 그냥 비전이랑 교환하자고 하면 되잖아요!"

속닥속닥.

소곤소곤.

이 녀석들… 설마 나한테 안 들릴 거라 생각하고 저러는 건가?

그들 서로는 귓속말을 한다고 생각하고 말하는 듯했지만, 애당초 칸 녀석이 내 팔을 잡을 정도로 가까이 있을 뿐 아니라, 이 녀석들의 귀는 손 하나로 가리고 말할 수 있을 만큼 작지 않았다.

'하지만 충격적이군. 이 녀석들, 남색이 취미라니…….'

사실 아까부터 여기 모인 녀석들의 시선을 통해 조금 짐작을 하긴 했지만, 마음속으로 짐작만 하는 것과 육성을 통해 직접 듣는 것에는 확실한 충격의 강도 차가 있었다.

"저… 더 이상 할 말이 없다면 저는 이만……."

게임 속이니만큼 험한 꼴을 당할 거라곤 생각하지 않지만, 어쨌거나 이들이 내 몸을 노리고 있다는 사실을 알게 된 이상, 이곳에 가만히 있을 수는 없었다.

"저, 갑자기 바쁜 일이 생각나서……."

"바쁜 일? 뭔데, 응? 되도록 우리가 처리해 줄게. 잠깐만 여기서 쉬었다 가자. 응?"

내가 나갈 기색을 보이기 무섭게 귓속말을 중단하는 칸.

애인에게 피곤하니 근처에서 잠시만 쉬다 가자고 애원하는 남자의 모습을 보이는 칸의 행동에 기겁한 나는 위험한 상황임을 직감하며 그의 손을 뿌리치고 도망치고자 했지만…….

"도망치려고 한다!"

"어쩔 수 없지! 일단 묶어!"

"으, 으아아아악! 싫어어어엇!"

단숨에 나를 에워싸며 손발을 묶는 엘프 남정네들에 의해 저당할 수밖에 없었다.

버둥버둥!

"야야, 거기 목은 묶지 마. 손… 그래, 엄지손가락이랑 발가락을 묶어버려. 못 움직이게."

펄떡펄떡!

"야, 거기 너무 세게 묶지 마! 멍들 거 아니야!"

"사, 살려줘!"

"여기 재갈도 물려!"

나의 처절한 비명 소리를 들은 엘프들 중 누군가가 소리치자 곧바로 재갈이 물려졌다.

결국 나는 손발과 입 모두가 봉해진 상태로 처음 깨어났던 침대 위로 던져졌고… 옴짝달싹도 못한 채 애처롭게 몸을 떨며 수많은 남정네들의 시선을 받는 꼴이 되었다.

'제… 제발……!'

나는 이 상황을 탈출하기 위해 이곳에서 할 수 있는 마지막 수단을 펼쳤다.

[속박 상태에선 로그아웃을 할 수 없습니다.]

'이 망할 게임! 로그아웃되는 게 대체 언제야!'

물론 필요에 의해 속박해 놓은 캐릭터가 로그아웃으로 도망갈 경우에 생기는 문제를 방지하기 위해 설정된 것일 테지만, 최소한 이런 상황에서는 예외로 해주어야 하는 것이 아닌가 싶었다.

'여기서 할 수 없다면… 현실에서 하는 수밖에!'

나는 어떻게든 게임을 강제 종료할 생각으로 정신을 집중해 외부에 있는 현실의 몸을 인식하려 노력했다.

하지만 워낙 긴장을 한 탓일까?

집중력은 자꾸만 흐트러졌고, 초조한 내 마음과는 달리 가수면 상태에 있을 내 몸은 꿈쩍도 하지 않았다.

그때, 이런 나의 절박한 상황을 아는 건지 모르는 건지, 그들 무리에서도 가장 건장해 보이는 다섯 명의 엘프가 침대 곁으로 다가오더니 두런두런 이야기를 나누기 시작했다.

"네가 먼저 할래?"

"아니, 니가 먼저 해. 그게 원래 순서잖아."

"아, 나 그거 안 가져왔는데."

"멍청아! 그걸 지금 두고 오면 어떡해? 빨리 가져와!"

그렇게 무언가의 순서를 정하며 저들끼리 투닥거리던 그들은 놓고 온 무언가를 찾으러 나간 한 명을 제외하고 내게 다가오며 하나둘 갑옷을 벗어 던지기 시작했다.

퉁! 철커덕!

투둑!

지이익—! 투둑!

"읍! 우으으읍! 으으우우웁!"

'안 돼! 안 돼애! 안 돼애애애!"

그렇게 그들과 침대까지의 거리가 채 1미터가 안 남았을 때 즈음, 녀석들이 다시금 입을 열었다.

"후후, 그것참 앙탈이 심하군."

"그래, 어차피 순순히 순응할 수밖에 없을 텐데 말이야."

"그런데 저런 자세로 되겠어?"

"좀 더 편하게 눕히자."

그렇게 말하며 불쑥 다가와 나를 잡아 든 한 녀석은 잘 보이도록 모로 눕혔을 뿐만 아니라, 어디서 나온 건지 여분의 줄을 가져다가 내 몸을 침대에 고정시켜 버렸다.

"우우우욱! 우어어억!"

"나 다녀왔어!"

그사이 무언가를 가지러 갔던 녀석이 도착해서는 잽싸게 옷을 벗기 시작했다.

한참 전력 질주를 한 것인지 몸에서 김이 모락모락 나는 그의 상체가 내 눈앞에 드러났다.

그와 동시에 첫 번째 주자인 듯한 녀석이 나머지를 물리고는 침대와 조금 떨어진 곳에 서서 말했다.

"그럼 먼저 간다!"

순간, 나는 저도 모르게 또르륵 눈물이 흘러내리는 것을 느꼈지만, 닦아낼 손은 이미 뒤로 묶여 옴짝달싹도 할 수 없었다.

그렇게… 녀석은 시작했다.

"흐읏! 흐읍! 하아아앗!"

…검무를 말이다.

"……."

"우오오!"

"역시 사범이야! 비전 검술을 저렇게 완벽하게!"

자신의 모습을 똑똑히 보라는 듯, 상체의 근육이 도드라지도록 온몸에 힘을 주고 차분히 동작을 시연하는 녀석의 모습을 보면서… 나는 아까랑은 조금 다른 의미의 눈물을 흘려야만 했다.

그리고… 정말 로그아웃만 되면 필히 아버지를 찾아가 목을 조르리라고 결심했다.

"…음?"

후비작—

"부장님, 부르셨어요?"

"응? 아니야. 갑자기 귀가 엄청 가려워서… 하던 거 마저 해."

드르륵!

같은 시각, 글로리아 컴퍼니 리버스 라이프 개발 운영팀에선… 밤샘 작업을 하던 박중혁 부장이 갑작스런 가려움에 서랍에서 면봉을 꺼내 들고 있었다.

"역시 사범들이야!"

나는 누구인가, 여긴 또 어디인가.

난 지금 눈앞에서 일어나는 일에 대해 이해하기를 멈춘 상태로 멍하니 엘프 사범이란 녀석들이 선보이는 체조를 바라보고 있었다.

이미 이해의 한계를 넘어버린 나의 뇌는 그들의 행동이 의미하는 바를 찾지는 못했지만, 그들의 행동을 통해 몇 가지 알아낸 것은 있었다.

"크, 역시 창 사범. 우리 중에서도 창 비전을 저렇게 완벽하게 할 수 있는 건 쟤뿐이지."

첫째로, 저들이 나한테 보여주고 있는 게 아까 말한 그들의 비전 무술이라는 점과…….

'오른쪽, 왼쪽, 오른쪽.'

"후우웁! 여기서 오른쪽! 왼쪽! 다시 오른쪽!"

"대단해! 이걸 한 번에!"

"오오오오!"

둘째로, 저들이 펼치고 있는 무술을… 나는 이미 모두 알고 있다는 점이었다.

'이놈들은 대체 왜 나한테 내가 고안한 무술을 보여주고 있는 거야!'

신종 고문인가?

아니면 이것 역시 일종의 수치 플레이?

지금 그들이 펼치는 무술은 모두 내가 개발에 참여 중일 때 엘프들의 동작에 추가된다는 말을 듣고 떠올리며 만든 것이었다.

화려하고 아름다우면서도 실용성과 아름다움을 함께 승화한, 춤과 다를 바 없는 무술들이었다.

그리고 이걸 테스트 겸하여 시연할 당시엔 분명 엄청 멋있고 좋다고 생각했던 나지만… 어째선지 지금 와서 제삼자를 통해 보게 되니 어마어마하게 부끄럽기 짝이 없었다.

마치 어린 시절 수업 시간에 그린 개그 만화를 부모님과 친구들 앞에서 낭독하는 기분이랄까.

부끄러움에 도저히 몸 둘 바를 모를 지경이었다.

그렇게… 무술 시연이 이어지는 내내 침대 위에서 의미 모를 꿈틀거림으로 속마음을 표현하는 나를 안중에도 두지 않은 채… 맨손 무술 사범의 시범을 끝으로 나를 침대에서 풀어줬다.

"……"

머엉.

"그… 잘 봤어?"

멍하니 있는 내 모습에 슬쩍 눈치를 살피며 다가온 칸은 이제와 신경이라도 쓴다는 듯, 오래도록 묶여 있어 새파랗게 변한 손가락과 발가락을 주무르며 말했다.

"어, 어때? 할 수 있겠어? 응? 조금만이라도… 아, 혹시 아직 모르겠는 거면 1:1 과외를 붙여줄 테니까… 그리고 이거 엄청 좋은 거야. 그냥 따라 하기만 해도 막 몸이 튼튼해지고, 마나도 막 늘어나고… 또 마법도 쓸 수 있고… 정령도 좋아하고……."

어째선지 나에게 자신들의 비전의 장점을 늘어놓는 녀석을 지그시 바라보던 나는 벌떡 자리에서 일어나 검을 들었다.

이들이 원하는 게 무엇인지 알 수는 없지만… 분명 지금 이 순간 바라는 것은 이것이 분명했다.

'균형이 잘 잡혔군.'

시연용이라 가볍고 낭창낭창할 거라 생각했는데, 생각 외로 묵직한 진검이었다.

과연 지금의 내가 이걸 들고 검무를 추는 게 가능할까 생각했지만, 1레벨 초보자가 가진 자동 회복 버프는 걱정을 하기엔 너무 사기성이 짙은 능력이었다.

휘릭! 스악!

시험 삼아 휘둘러 본 무거운 검이 공기를 가르는, 만족스러운 소리가 집안에 울려 퍼졌다.

어차피 나에게 선택권은 없고, 딱히 하지 않을 이유도 없었다.

나는 양발을 벌리고 서서 차분히 검을 들었다.

'이 무술은 총 다섯 가지였지.'

사아악! 스사삭!

첫째는 칼.

많은 무기의 기본이 되는 칼의 검무는 빠르고 날카롭게 베어나가는 것이 특징이며, 고난이도 동작에는 빠르게 베고 찌르는 동작이 추가되어 화려한 검화를 피워내는 검술이었다.

"스으으으웃… 타핫!"

사악! 슈슛!

둘째는 창.

창은 기다란 봉의 끝에 날카로운 날이 달린 무기인 만큼, 그 긴 리치를 활용하여 화려하게 주변을 휩쓰는 동작으로 이루어져 있으며, 그 큼직큼직한 동작은 주변에 적이 다가오지 못하게 하는 효과를 줌과 동시에 다수의 적을 동시에 공격하는 기능을 지니고 있었다.

팍! 파바바박! 후우웅! 부웅!

셋째는 봉.

창과 많이들 혼동하곤 하지만, 봉은 엄연히 창과는 다른 무기였다. 봉에는 날이 없기에 단순한 살상력은 창에 비해 떨어지지만, 무거운 창날이 없는 만큼 훨씬 가볍고 빠른 움직임이 가능했으며, 원심력이 더해진 둔기의 충격은 창의 위력을 넘어서기도 했다.

휘릭! 팅! 팅팅팅!

넷째는 활.

비록 실내인지라 활을 직접 쏘는 동작을 보여줄 수는 없지만, 활 무술은 단순히 활을 쏘는 방법을 다루는 무술이 아니었다. 엎드린 자세, 앉은 자세, 각각의 상황에 따른 가장 안정적인 활 쏘는 자세를 몸에 숙련시키는 무술이고, 화살이 없는 상황이나 근접한 적을 상대로 활과 화살을 이용하여 전투를 하는 법도 담긴 무술이었다.

팟! 스팟! 팡파파방!

마지막 다섯째는 맨손 박투.

고대로부터 내려온 가장 원시적인 무기는 바로 사람 자체의 몸이다. 그런 만큼 가장 많은 발전을 거쳐 가장 위협적이고 치명적인 공격들을 내포했고, 또한 그만큼 아름답고 유려한 동작들이 많은 무술이기도 했다.

나는 한 동작, 한 동작 펼칠 때마다 새록새록 떠오르는 무술의 정보를 되새기며 관객들에게 내가 만든 무술의 원형을 보여주었다.

물론 이 무술을 만들 당시에 내 캐릭터 스텟은 엘프에게 맞춰져 있었기에 지금의 몸으론 구현할 수 없는 동작들도 많이 있지만, 이곳에 모인 이들은 이미 게임 설정에 따라 이 무술들을 깊이 이해하고 오랫동안 수련해 왔으리라.

그렇기에 내가 동작을 간소화하여 넘어감에도 그것이 무엇을 의미하는 것인지 모두들 쉽게 이해할 수 있었다.

"쓰으으읍… 후우……."

그리고 마침내 나의 모든 시연이 끝났을 때.

집 안엔 정적만이 감돌았다.

"…꿀꺽."

그 누구 하나 함부로 침조차 삼킬 수 없는, '완성된 무'의 무거운 공기가 방 안을 가득 채웠다.

모두가 가만히 멈춰 선 나를 보며 아무 말도, 아무런 행동도 하지 못했다.

그렇게 얼마나 지났을까.

한계에 달한 체력이 내 몸을 지탱하지 못하게 되었을 때.

풀썩!

집 안이 환호성으로 가득 찼다.

"우… 우와아아아!"

"와아아아!"

모든 엘프들이 자리에서 일어나 쓰러진 나를 들어 헹가래를

쳤고, 천장에 닿을 듯 떠오른 내 눈앞으로 몇 가지 알림창이 떠올랐다.

뺨뻐바밤!

〔'엘프 비전 — 케이안'을 습득하셨습니다. 모든 스텟 10 증가.〕
〔'엘프 비전 — 케이안'을 '거의 완벽하게' 성공하셨습니다. 모든 스텟 30 증가.〕

〔어려운 과제에 도전하여 성공한 당신에게 축복을!〕
+초보자 스텟 포인트 가산 10%
스텟 상승량의 10%가 추가 상승합니다.
+초보자 스킬 숙련도 가산 10%
스킬 숙련도 상승량의 10%가 추가 상승합니다.

〔새로운 칭호 : 마스터〕
— 현재 칭호 개수 3개 —

'하하… 마스터라… 나쁘지 않은걸.'

고작해야 원래 알고 있던 것을 온 힘을 다해 펼친 것뿐인데, 이렇게 환호를 받고 인정을 받으니 어쩐지 가슴이 뿌듯해졌다.

나는 올라간 스텟으로 인해 방금 전까지 무거웠던 몸이 한결

가뿐해지는 것을 느끼며 기쁜 마음으로 마스터 칭호를 사용하도록 설정하고자 눈앞에 보이는 창을 향해 손을 뻗었지만…….

거기까지였다.

삐빅!

[캐릭터의 정신력이 과다 소모되어 강제 휴식 상태에 돌입합니다.]

[사용자의 뇌파가 불안정합니다. 접속을 종료하고 수면 모드를 실행합니다.]

또 한 번 정신을 잃기 전, 내가 선명하게 들을 수 있는 것은 거기까지였다.

그리고 흐릿하게나마 들을 수 있던 것은…….

뺨빠밤!

[캐릭터의 재능이 확정되었습니다. 자세한 내용은…….]

'아, 재능이라… 저건… 꼭… 확인해…….'

삐이—

그렇게 반투명한 시스템 창 너머로 나무 천장을 바라보던 시야가 어둠으로 물들고…….

새벽의 어둠이 걷혀가는 현실에서는…….

드르렁— 푸후우우—

…사람 하나가 들어가 있다고 하기엔 호화스러울 정도로 거대한 캡슐로부터 코 고는 소리가 퍼져 나갔다.

Chapter 5

Fire

퍼뜩!

눈이 떠지고…….

평소와는 다른 공기, 다른 감각이 온몸에 느껴졌다.

단순히 두 눈을 뜨고 몇 번 숨을 쉰 것뿐이지만, 그것만으로도 충분히 알 수 있는 그 '감각'에 전신이 떨리고 불안감이 차올랐다.

전신을 송곳처럼 찌르고 들어오는 날카로운 감각에 재빨리 몸을 일으키고 싶었지만, 이내 마음 한편에 체념이란 두 글자가 떠오르며 바빠지려는 마음을 다스렸다.

이미 상황은 돌이킬 수 없게 되었고, 이제 와 안절부절한다고

바뀌는 것은 없다는 것을 알았기에… 나는 다른 돌파구를 찾고
자 손을 들어 이마를 감쌌다.

차악!

이렇게나 긴장했던 것일까.

이마에 흐른 식은땀이 손을 적시는 불쾌한 감각에 흠칫 놀랐
지만, 그럼에도 나는 차분히 손을 통해 체온을 느꼈다.

따스함을 간직한 손바닥이 차갑게 식은 이마에 닿자 약간의
불안감을 다스려 주었지만… 미열조차 느껴지지 않는, 손과 이
마를 통해 전해지는 정보는 나에게 다른 방법을 찾도록 권하고
있었다.

나는 이마에서 손을 떼고 천천히 목과 손목을 감싸며 나의 맥
박을 측정했다.

'정상… 정상이군.'

현실이 한층 무겁게 다가왔다.

푸쉬이익—!

개폐 버튼을 눌러 캡슐을 열고 나온 나는 그 자리에서 손목,
발목, 무릎, 허리, 목 등의 고관절 부위를 모두 더듬어보며 몸의
이상을 확인했지만, 인체공학적 설계를 바탕으로 사용자의 상
태를 최적하게 유지하는 캡슐의 효과는 그리 만만한 것이 아니
었다.

몸에 아무런 이상이 없음을 확인하고, 확실히 상황이 종결되
었음을 확인하자 불안하게 날뛰던 마음에 평안이 내려앉았다.

명경지수.

잡념과 가식과 헛된 욕심이 없는, 맑은 마음이 가슴을 채웠다.

"흐읍!"

촤라락!

조금 전, 나의 마음을 대변하듯 방 안을 어두침침하게 꾸미던 두터운 커튼을 세차게 걷어냈다.

그러자 하늘 높이 떠오른 태양으로부터 쏟아져 들어온 햇살이 갓 잠에서 깨어나 후줄근한 나를 씻기듯 비쳐 주었다.

그렇게 환해진 방과 창밖의 한산한 거리를 보며 나는 상쾌하게 웃었다.

"하하, 지각이네."

변명으로 꾀병 하나 부릴 수 없는 건강한 몸뚱이가 상쾌한 점심을 맞이하고 있었다.

'이놈의 지하철은 왜 이리 늦는 거야?'

투덜투덜.

걸린 시간은 평소와 다를 바 없지만, 어째선지 오늘따라 느긋하게 달리는 것처럼 느껴지는 오후의 지하철을 향해 불평을 쏟아내며 이윽고 지하철역을 나오자마자 보이는 거대한 빌딩, 글로리아 컴퍼니의 사옥에 곧장 도착할 수 있었다.

웅성웅성.

바글바글.

"…응?"

흠칫.

평소와 같이 정문을 통해 회사에 들어가려던 나는 리버스 라이프의 오픈 직후부터 추운 날씨에 주말조차 반납하고 글로리아 컴퍼니 사옥 앞에 진을 치고 있는 기자 무리를 보며 슬며시 뒷걸음질을 쳤다.

그랜드 오픈과 동시에 게임계는 물론, 정치, 사회, 경제… 모든 분야로부터 지대한 관심을 받기 시작한 리버스 라이프는 지금 세계에서 가장 핫한 기삿감이었다.

모두가 이토록 안달하고 있음에도 대외적인 모든 인터뷰를 거절한 리버스 라이프의 총괄 디렉터 박중혁 부장 때문에 기자들은 한가하게 사무실에서 인터뷰 응답이 오기를 기다리고 있을 수만은 없었다.

그러다 보니 혹여나 출퇴근하는 박중혁 부장 본인이나 그의 측근으로부터 한마디 답변을 들을 수 있을까 오매불망 회사의 정문 앞에서 진을 치고 있는 것이었다.

그리고 그런 회사의 정사원인 내가 정문을 통해 들어가려고 한다면, 여러모로 좋지 못한 꼴을 당할 것은 불 보듯 빤한 일이었다.

'언론에 얼굴이 팔리는 건 사양하고 싶으니까.'

이런저런 이유로 얼굴이 알려지는 것이 싫은 나로서는 저들기자 틈바구니를 지나 들어가는 것은 별로 생각하고 싶지 않았다.

'그렇담 지하로 가볼까?'

이곳 글로리아 컴퍼니의 사옥은 그 커다란 규모만큼이나 넓은 주차 설비를 가지고 있었는데, 수많은 사원이 자가용을 타는 만큼 지하 주차장을 통한 출입이 일반적이었다.

물론 기자들이라고 그 사실을 모를 리 없겠지만, 지하 주차장은 입구에서부터 출입증을 요하는데다 차를 타고 들락날락하는 사람을 상대로 인터뷰를 요청하기는 요원한 만큼 다들 회사의 정문에 몰려 있었다.

차뿐 아니라 면허조차 없는 나는 이곳을 이용해 본 적이 없지만, 회사 내 대부분의 설비를 제한 없이 사용 가능한 사원증이 있으니 그리 어려운 일은 아니었다.

'망설일 필요는 없지.'

만약 내 앞으로 차가 등록되어 있지 않아 통과가 안 되더라도 회사에서 나름 인지도를 가진 나라면 얼굴을 보여주는 것만으로도 충분히 통과가 가능할 것이다.

마음을 굳힌 나는 즉시 눈에 띄지 않게 지하 주차장 입구로 달려가 출퇴근 시간에 보아온 대로 차단기 옆에 설치된 카드 스캐너에 내 사원증을 살포시 올려놓았다.

착—!

삐빅! 삐빅! 삐빅!

Fire.

"윽! 생각보다 소리가 크네."

이럴지도 모른다곤 생각했지만, 막상 상황에 직면하고 보니 꽤 당혹스러웠다. 소리도 그렇거니와, 한낮임에도 꽤 선명히 보이는 시뻘건 경광등은 금방이라도 기자들의 시선을 끌어모을 것 같았다.

'일단 숨자!'

바스락!

내 마음도 모른 채 신명나게 울려 대는 경고음을 피해 주차장 입구의 작은 수풀에 몸을 숨기고 주변 동태를 살피던 나는 점차 잦아드는 경고음과 경광등의 불빛을 보며 인상을 찌푸릴 수밖에 없었다.

'곤란하군… 다른 방법은 좀 싫은데. 역시 차량 등록을 안 해서 그런 걸까? 그리고 저 Fire는 또 뭐야?'

하지만 이유가 무엇이 되었든 당초 계획이 무산된 이상 좋든 싫든 간에 차선책을 선택해야만 했다.

나는 시선을 돌려 이런 소란스러움 속에서도 편안한 모습으로 숙면을 취하고 있는 경비를 보며 살짝 관리실의 문을 두드렸다.

똑똑.

"으허헙! 근, 근무 중 이상 무!"

아직도 바로 옆의 경광등이 빨간빛을 내고 있는데 근무 중 이상 무라니…….

요란한 경고음엔 반응도 안 하던 사람이 의외로 관리실의 문을 두드리는 작은 소리에는 벌떡 일어날 뿐 아니라, 누가 봐도 자고 있던 주제에 숙련된 반응으로 자신이 업무 중에 있음을 피력하는 것을 보며 작게 혀를 찬 나는 관리인 아저씨를 나지막이 불렀다.

"아저씨!"

"으응? 너… 박 부장님네 대로 아니냐?"

365일 내내 이곳에서 수많은 사원의 출입을 담당하는 사람답게 단숨에 나를 알아본 관리인 아저씨지만, 그런 반응이야말로 내가 이곳을 꺼리게 만드는 이유였다.

이곳 글로리아 컴퍼니의 본사 사옥은 그 규모나 회사의 이름값에 비해 꽤나 조용했다.

매년 분기별, 반기별로 이런저런 구설수에 오르는 다른 대기업에 비해 수많은 분야에 문어발식으로 가지를 뻗은 것치곤 별다른 이야기 없이 운영되는 회사였다.

그런 회사답게 이곳의 주차 관리인이자 출입 관리인이란 직업은 이렇게 대놓고 숙면을 취함에도 그에 대해 지적하는 이 하나 없는 한직이었고, 그런 한직에서 십 년 넘는 경력을 지닌 이 관리인 아저씨는 회사 내 각종 소문의 근원이자 마당발로 통하고 있었다.

그런 아저씨에게 내가 지각하는 모습을, 그것도 점심이 다 돼서야 출근하는 것을 보였으니, 내가 들어가기 무섭게 아버지에게 연락이 갈 가능성이 컸다.

'큭, 언젠가 일어날 일이긴 했지만… 그게 오늘이 아니었으면 했는데…….'

아버지의 잔소리야 이미 예견된 일임은 알고 있지만, 아직 마음의 준비가 안 된 만큼 그게 오늘은 아니면 좋겠다는 소박한 희망을 갖고 있던 나이기에 관리인 아저씨와의 대면은 꺼려질 수밖에 없었다.

하지만 어쨌든 나는 일단 회사에 들어가야 하는 입장인 바, 태연함을 가장하며 아무렇지도 않다는 듯 관리인 아저씨에게 말했다.

"맞아요, 아저씨. 제 사원증으로는 지하 주차장 출입이 안 되는 건가요?"

"엥? 그럴리가. 요 며칠 기자들 때문에 경비 수위가 높아지긴 했지만… 사원증만 있으면 통과 가능할 텐데?"

그렇게 말하며 여전히 빨간 경광등이 번쩍이는 차단기를 확인하는 그를 보며 '과연 이 회사의 경비 수준은 정말 괜찮은 건가' 하는 생각이 들었지만, 이내 노련하게 눈앞에 놓인 기계를 조작하는 그의 손놀림에 고개를 끄덕일 수밖에 없었다.

그때, 무언가 이상하다는 듯 고개를 갸웃거리던 관리인 아저씨가 나에게 물었다.

"혹시, 부장님… 해고당하신 건 아니지?"

"예? 그럴 리가요. 주말 내내 회사에서 숙식하셨으니… 아마 지금도 회사에 있을 건데요?"

나의 말에 수긍한다는 듯 고개를 끄덕인 관리인 아저씨는 바깥을 향해 있는 방문자용 모니터에 최근 입출 기록을 띄우며 말했다.

"확실히 최근 며칠간 리버스 라이프 오픈에다가 기자들까지 진을 치고 있어서 퇴근한 사람이 없긴 한데… 사원은 전 직급이 모두 회사에 출근해 있는 걸로 나오는걸? 뭐, 몇몇 최근에 해고된 인원을 빼고……."

그렇게 말하며 기록을 살피던 그는 이내 무언가 이상하다는 듯 다시 한 번 고개를 갸웃거리더니, 이내 내선 전화를 들어 어디론가 전화를 걸었다.

그러고는…….

"예… 아, 예. 그럼 그렇게 알겠습니다. 예……."

딸칵.

"……?"

어쩐지 당황스럽다는 듯한 표정을 지은 그가 수화기를 내려놓으며 멀뚱히 서 있는 나를 보고 조심스레 말했다.

"흠흠… 음, 이런 말을 여기서 이렇게 해도 되는 건지 모르겠는데……."

"무슨 일이 있대요? 혹시 지각했다고 들어오지도 말라고 한 건……."

뭐, 설령 정말 그렇다고 한들 아버지의 장난일 게 빤하니 내가 직접 전화하는 것으로 충분히 해결 가능할 테지만, 이미 내 지각 사실이 아버지의 귀에 들어갔다는 사실은 썩 유쾌하지 못했다.

하지만 이어진 말은 그보다 좀 더 중요한 이야기였다.

"…해고래."

"…예?"

"그게… 해고당했다고… 아까 화면에도 Fire라고……."

"…예?"

나는 잠시 생각의 과정이 필요했다.

순간, 아저씨의 말이 이해가 안 갔던 것이다.

'Fire… 불…….'

그리고 마침내 상황을 이해한 나의 입에서 튀어나온 것은 많은 의미가 함축된… 한 글자의 되물음이었다.

"…예?"

그 Fire가 불이 아니라 You're Fired의 Fire였다는 말인가.

"아니, 세상에 지각 한 번 했다고 몇 년 일한 사람을 한 방에 잘라 버리는 회사가 어디 있어? 아부지… 장난이 너무 심한 거 아니야?"

나의 불만 가득한 목소리가 하늘 높이 울려 퍼지자, 마찬가지로 나만큼이나 당혹스런 표정을 하고 있던 관리인 아저씨는 나를 부르며 말했다.

"크흠… 그게 해고당한 게 한 사람이 아니라……."

"네? 설마 저 말고도 지각으로 해고당한 사람이 더 있는 거예요? 이거, 완전 안 될 회사구만? 아부지고 뭐고, 여덟 시 뉴스에 한 번 나와봐야……!"

"그게… 지각으로 해고된 건 아니고, 어제 12시부로 모션, 액션 개발팀 전원이… 퇴직한 걸로 돼 있는걸?"

"…예?"

아니, 그 팀에 소속되어 있던 본인은 듣도 보도 못한 얘기를 휴일이 지나고 출근하러 와서 듣게 되다니… 이게 말이나 되는 소리란 말인가.

게다가 팀이 해체된 거면 된 거지, 다른 부서에 들어가는 것도 아니고 그대로 백수행이라니……. 도저히 이해가 안 가는 조치였다.

'물론 개발 종반부부터 하는 거 없이 모션 캡처 실에서 드러누워 자고, 출근을 휴게실로 해서 퇴근도 휴게실에서 하고, 퇴근할 땐 꼭 개발팀에 들러서 아부지를 놀려주고 나가고…….'

"……."

생각해 보니 해고당해도 싸다는 생각이 들었다.

아니, 하지만 그렇다고 해서 이렇게 마음대로, 그것도 일방적인 통보만으로 해고를 하는 게 가당키나 하단 말인가.

최소한 회사에서 잘리고 나서 뭘 해볼 수 있을 정도의 준비 시간… 아니, 마음의 준비를 할 시간이라도 줘야 하는 것 아닌가.

　거기에 사무실에 갖다 놓은 내 물품이며 남아도는 시간, 웹 서핑을 하며 하나둘 저장해 둔 이미지들은 어떡하란 말인가. 최소한 포맷을 할 시간 정도는…….

　'아니, 그보다도……!'

　아버지 빽(?)을 믿고 철밥통에 대한 자신감으로 그간 모은 모든 돈은 물론, 대출까지 쏟아부어 들어간 집은 어떻게 해야 할지부터가 막막했다.

　'이… 이대로라면 당장 이자도……!'

　순식간에 무일푼 빚쟁이 신세가 되어버린 나는 이번에 같이 잘린 팀원들을 모아 농성이라도 해야 하는 것 아닐까 생각을 하는 한편, 가장 현실적인 희망을 찾아 전화를 걸었다.

　삑!

　[여보세요?]

　다행인지 불행인지, 단숨에 들려오는 목소리에 작게 안도의 한숨을 내쉰 나는 불과 몇 십 미터 앞의 건물 안에 있을 아버지를 불렀다.

　"아부지?"

　[어, 왜?]

　"그… 제가 지금 회사 앞인데… 잠시 부자간에 대화가 필요

할 거 같은데요."

[왜? 그냥 전화로 해. 어차피 부당 해고니 뭐니 그런 소리 할 거 아니야?]

빠직!

그걸 알고 있는 사람이 그런 짓을 했다는 말인가!

게다가 내가 집을 샀다는 것을 빤히 알면서?

"그걸 아는 사람이⋯⋯!"

[어차피 니들 회사 나와서 하는 것도 없었잖아?]

뜨끔!

무, 물론 최근 몇 달간 리버스 라이프의 최종 점검으로 바빠진 탓에 내가 속한 팀이 하는 일이 없긴 했다. 하지만 그렇다고⋯⋯!

[만날 세트장에서 드러누워 있거나 하고 말이야.]

뜨끔!

[하루 종일 인터넷이나 하다가 퇴근하고.]

뜨뜨끔!

[거기에 휴게실에서 니들끼리만 맛있는 거 시켜 먹고.]

뜨뜨뜨끔!

[최소한 탕수육 이상 요리를 시키면 이 아빠를 몰래 불렀어야 할 거 아냐! 나도 깐풍기 좋아하는데!]

뜨⋯⋯.

'⋯음?'

양심의 가책을 느끼기에는 애매한 마지막 발언에 잠시 고개를 갸웃거리는 사이, 아버지는 더 이상 할 말이 없다는 듯 당장에라도 끊을 기세로 말을 이어 나갔다.

[아, 잠깐. 그거 서류 좀 가지고 와봐. 어쨌든 그렇게 됐다. 그리고 아빠 지금 엄청 바쁘니까… 집에 가서 게임이라도 하고 있어.]

아버지가 백수 된 아들에게 집에서 게임이나 하라 말하는 이 모습을 정말 그리고 싶어 하는 일부 사람들이 보았다면 훈훈한 장면에 빙긋 웃음을 지었을지도 모르지만, 나에겐 해결해야만 하는 문제가 있었다.

"자, 잠깐, 아버지! 나 이제 어떡하라고!"

[다 큰 사내놈이 어떡하긴 뭘… 언제까지 아빠한테 다 해달라고 할 셈이냐? 뭐, 정 할 게 없으면 일단 너도 올해 열아홉 살이니까… 학교라도 가든가.]

"…예?"

뭐라굽쇼?

너무 뜬금없는 말에 정신이 혼미해지려는 찰나, 아버지는 별 거 아니라는 듯 주저리주저리 말을 쏟아냈다.

[어차피 니가 당장 뭘 해봤자 어디 아르바이트나 할 거 아냐? 하지만 대한민국의 10대 청소년이라면 공부를 해야지. 나 어릴 땐 고등학교는 물론, 대학교까지 가는 게 당연했어.]

뭐든 알아서 할 사내놈에서 당연히 학교를 가야 하는 10대

청소년으로 한 단계 강등된 나는 현대의 고등학교란 곳을 떠올리며 속으로 크게 절규했다.

'그게 언제 적 얘긴데!!'

2049년의 대한민국. 이곳은 불과 수십 년 전만 해도 사교육 공화국이라 불리던 그때와는 많은 것이 달라져 있었다.

세상의 많은 것이 발전해 나감에 따라 인간의 공부 범위는 더욱 넓어지며 세분화되어 갔고, 그 결과 교육 역시도 세월 속에서 방법, 방식, 내용 모든 게 바뀌어갔다.

대략 2010년도경의 고등학교 교육과정은 중학교 수업에 녹아들었고…….

초등학생이 6년에 걸쳐 배우던 것들은 저학년 3년간의 내용으로 압축되었다. 그것은 마치 그 옛날 영어와 컴퓨터 같은 과목이 중·고등 교육과정에서 초등학교 필수 교과목이 된 것처럼 아주 자연스러운 현상이었다.

그리고 불과 몇 십 년 만에 기존 고등학교 과정을 중학교 과정에 완벽히 녹여낸 지금, 사회는 그다지 높은 학벌, 학위를 필요로 하지 않게 되었다.

아니, 정확히는 그런 것들이 중요하지 않다거나 쓸모없다는 것이 아니라 실제 사회의 구성원이 되어 1인분을 하는 데 있어서 고학력이란 것이 상대적으로 가치가 떨어지게 되었다는 것이다.

수십 년 전 대학의 포화 현상으로 대학 졸업장의 가치 폭락이 진행되던 시기, 고졸이란 선택지는 사람에 따라 상당히 경제적인 선택이라 할 수 있었다.

최대 수천만 원에 이르는 대학 학비를 내는 것보다 고등학교 졸업과 동시에 실무 경험을 쌓아 수천만 원을 벌어들이는 고졸들은 지속적으로 늘어만 갔고, 사회적 인식 역시 고졸자의 가치를 점차 높게 쳐줌에 따라 대한민국의 평균 학력은 지속적으로 낮아져 갔다.

그리고 그 당시의 고등학교 교육과정이 모두 중학교로 편입된 지금, 대한민국은 중졸의 시대가 열리기 시작했다.

이미 고졸의 사회적 가치가 입증된 바, 마찬가지로 1인분이 가능하다면, 그리고 옛 고등교육 수준의 수업을 받았다면 중졸이라도 상관이 없는 것 아니냐는 목소리가 높아지기 시작한 것이다.

물론 십 대 중후반에 불과한 아이들의 사회 진출에 대해 대한민국은 십여 년간 갑론을박을 펼쳤지만, 그러거나 말거나 실제 사회에서의 중졸자들은 꽤나 우대를 받는 중이었다.

한창 왕성하게 배우고 많은 생각을 하게 되는 십 대 중후반의 중졸자는 창의적 인재를 원하는 기업에도, 튼튼하고 젊은 직원을 원하는 기업에도 선호 받는 존재였다.

그로 인해 근 10년 사이 대한민국은 필수 교육과정인 중학교까지가 실질 평균 학력이 되었고, 필요에 따라 자신이 원하는 특수한 것을 배우기 위한 단기 전문학교가 성행하게 되었다.

당연히 그에 대한 반작용으로 고등학교와 대학교는 큰 폭으로 그 수가 줄어들게 되었다.

현대에 와서는 고등학교에 진학한다는 것은 진정으로 공부에 뜻이 있다는 의미이거나, 중학교를 졸업할 때까지 진로를 정하지 못했다는 의미였다.

물론 세월의 흐름 속에서 더욱 세분화된 문, 이과의 교육과정과 진정 고등교육이라 할 만한 기능을 갖게 된 고등학교지만, 자신이 배우고 싶은 것은 물론, 실무를 집중적으로 가르치는 전문학교들에 비해 메리트가 떨어지는 만큼 진학률이 낮은 건 어쩔 수 없었다.

그에 대해 사회학자들은 2010년대 후반에 과열의 정점을 찍었던 학벌, 스펙 경쟁의 반작용이라는 평가를 내리곤 했다.

높은 학벌과 뛰어난 스펙을 가진 사람들이 범람하던 시기, 젊은 사람들 대다수가 높아진 눈으로 높은 곳만을 바라보던 그 시기에 한편에서 떠오르던 즉시 전력의 존재, 고졸 경력자들이 수십 년에 걸쳐 기업의 요직에 도달해 영향력이 커짐에 따라 생겨난 현상이라는 평이었다.

그들 스스로가 고졸이라는 타이틀을 가지고 자신만의 방식으로 사회생활을 시작한 사람들이기에, 기업에 필요한 것은 잡다하게 많은 지식을 가진 사람이 아니라 필요한 분야에 전문성을 확보한 즉시 전력들이라는 것을 알고 있던 것이었다.

그러한 분위기 속에서 다시 십여 년. 지금은 전국적으로 대학교와 고등학교의 숫자와 분포가 크게 줄어들어 정말로 극소수를 위한 교육기관이 되어버렸다.

그 과정에서 살아남은 고등학교와 대학교는 경쟁적으로 각자의 질을 높이는 데 힘쓰고, 덕분에 현재 대한민국에 남은 고등학교와 대학교는 진정한 학문의 최고봉이란 이미지를 갖기에 이르렀다.

그리고 그런 과정과 중졸을 우대하는 사회적 분위기 덕분에 이율배반적이게도 세상은 조금 더 학벌에 고개를 숙이는 사회가 되어버렸다.

단순히 그 옛날처럼 학교의 이름을 보고 선후배 간의 학연을 통해 취업의 당락이 결정되어 더 높은 학벌을 가진 자가 낮은 학벌의 사람을 깔본다는 의미는 아니었다.

고등학교, 혹은 대학교의 공부가 극단적으로 어려워짐에 따라 졸업장이 가지는 가치가 압도적으로 높아지고 희소성을 가지게 됨으로써 학벌이 가지는 힘이 강력해졌다는 의미였다.

물론 그런 학벌이 성공을 보장하지 않는다는 것은 수십 년 전의 스펙 과열기를 살아온 사람들에 의해 입증된 바, 사람들은 그들이 가진 학벌에 경의를 가지고 그들의 학벌에 존경을 표하며, 보다 많은 공부를 한 그들이 보다 높은 위치에 서는 것을 당연시 여기는 정도일 뿐이었다.

그렇기에 세상은 균형을 맞출 수 있었고, 그러한 암묵적인 사회 분위기를 만들어간 것이다.

하지만 빛이 있으면 어둠이 존재하기 마련.

그러한 초고등 교육과정의 역할을 맡은 고등학교, 대학교들 중에도 기존과 다른 양상을 띠기 시작하는 것들이 생겨났다.

고도화된 교육과정과 그 졸업장이 위엄을 갖게 됨에 따라 이를 탐내는 이들이 생기기 시작한 것이었다.

그것은 마치 수십 년 전 학벌 사회의 단면을 반복하는 것 같은 모습이지만, 실상은 조금 다른 바가 있었다.

바로 학교의 귀족화.

고등 교육기관에 진학한다는 의미는 학생 개인의 기준에선 진정한 고등 교육과정을 배운다는 의미지만, 사회의 기준으로 본다면 예전보다 훨씬 좋아진, 비싼 학교에서 보다 수준 높은 수업을 받을 수 있을 만큼 시간과 돈의 여유가 있다는 의미였다.

고등학교, 대학교에 진학한다는 것은 단순히 공부를 더 하고 싶어서라는 것뿐 아니라, 여유 있는 집안의 자녀로 태어나 굳이 사회 경험을 쌓을 필요 없는 이들이 학생으로서의 특권과 사회에서의 경외를 얻기 위해 거쳐 가는 엘리트 코스라는 의미가 부여된 것이었다.

그 결과, 최근의 고등학교란 곳은 한층 더 고급화되고, 더욱 진학이 어려워지며, 엘리트 코스를 밟고자 입학하는 이들이 급속도로 늘어나는 추세였다.

이러한 현상 덕분에 세상은 고등학교란 존재에 대해 의구심을 표하기 시작했지만, 여전히 고등학교란 것이 중학교보다 훨씬 높은 수준의 공부를 하는 곳이라는 사실에는 이견이 없었기에 세상은 삐걱삐걱 소리를 내면서도 평소처럼 굴러가는 중이었다.

그리고… 나는 그런 것들이 싫었다.

엘리트 부모로부터 물려받은 좋은 유전자와 좋은 환경 속에서 자라난 또 다른 엘리트들.

그들이 가진 엘리트 지상주의와 갖지 못한 자들에 대한 냉소.

한때, 그들과 누구보다도 가까웠던 나에게 있어 그에 관련한 기억은 기분을 불쾌하게 만드는 일이었다.

부르르르—

자칭, 타칭 엘리트라 불리던 존재들과의 안 좋은 기억 탓에 절로 떨려오는 몸을 붙잡고, 나는 그것만큼은 싫다고 아버지에게 단호히 말할 생각이었다.

"아버지, 저는 학교만큼은……."

[아, 네가 학교를 다니는 동안은 생활비 등은 내가 다 지원하마. 그리고 대출금도… 흠, 이건 좀 과한 거 같긴 하지만… 어쨌든 학생이 학교를 다니면서 돈 걱정을 하는 건 어울리지 않거든.]

"…학교 가죠! 까짓거, 조용히 있다 나오면 문제없으니까요!"

조금 전, 엘리트들에 대한 혐오감으로 몸을 떨던 게 거짓말이라도 되는 양 나는 기쁜 목소리로 아버지의 제안을 받아들였다.

어쩐지 가야 할 학교의 모습이 무채색의 칙칙한 건물에 철창이 연상되긴 했지만, 지금 나에게 있어 아버지의 제안은 구명줄과도 같은 것이었다.

비록 엘리트란 존재들이 나를 불편하고 기분 나쁘게 만든다고 한들, 돈이 없는 것만큼 나를 힘들고 불편하게 하지는 않았다.

돈이 없다는 것이 무엇을 뜻하는지, 돈이 가지는 의미와 그힘에 대해 3년 전 그 누구보다도 뼈저리게 느껴본 나였다.

엘리트들이 주는 혐오감과 빈곤이 주는 삶의 불편을 두고 경중을 물어본다면 나는 무조건 빈곤의 무서움을 택할 것이다.

그만큼… 빈곤, 가난이란 것은 사람을 피폐하게 만드는 것이었다.

그리고 가난을 벗어나게 해주는 절대 기준인 돈은 배고픔에 괴로워하며 잘 곳이 없어 밤새 거리를 걸어 다니던 나에게 있어서 아무리 많아도 모자라고, 아무리 잘 써도 아까운 물건이었다.

하지만 그렇다고 한들 내가 당장에 먹고, 자고, 입는 수준의 생활비에 흔들린 것은 아니었다. 돈이 중요하긴 해도 그 정도는 굳이 자존심을 꺾지 않고도 충분히 마련할 수 있었으니 말이다. 다만, 대출금은 달랐다.

이제 와 하는 말이긴 하지만, 법적 미성년자를 벗어난 지 얼마 안 된 내가 아무리 괜찮은 직장이 있다고 한들, 서울 근교의 괜찮은 아파트에 들어갈 만큼 많은 대출을 받는 것은 현실적으로 무리가 있었다.

하지만… 이 세상엔 제1금융권 외에도 나같이 대출 조건에 하자가 있는 사람을 위한 특별한 영역이 있었다.

한 번 잘못 끌어다 쓰면 일평생 이자만 갚으며 고통 받고, 원금은 자식들에게 대대손손 물려줘야만 하며, 드라마 속 가장을 자살로 이끄는 바로 그것.

분명 평소의 이성을 지닌 나였다면 일고의 여지조차 없는, 절대 선택하지 않을 선택지 중 하나일 터였다.

하지만… 평생을 독신으로 살아오신 아버지의 개인용 컴퓨터에서 발견한 가마우지 폴더가 주는 안타까움이, 십 년 넘게 준비한 프로젝트의 막바지에 있음에도 다른 데 눈을 돌리지 못하시는 아버지의 모습이 나를 집에서 나오게 했다.

그리고 그날 당일에 나온 엄청나게 좋은 조건의 매물은 나를 곧장 독립의 길로 이끌었고, 결국 그날 나는 난생처음 아빠 빽, 철밥통을 믿고 대출을 하는 대담무쌍한 짓을 한 것이다.

'최소한… 그 전날 아버지의 신상으로 가입하려던 성인 사이트에서 '이미 가입되어 있습니다' 라는 문구만 안 봤어도 그런 선택을 하진 않았을 텐데…….'

크흡!

3년간 진짜 친아버지와 친아들처럼 돈독한 관계가 되긴 했지만… 나 스스로는 아버지의 인생에 굴러 들어온 돌이라는 생각을 언제나 하고 있었다.

만약 내가 없었다면 아버지는 10대 중반의 아들을 둔 미혼부가 되어 일만 하며 사는 게 아니라, 보다 자신 스스로에게 도움이 되고 안식을 주는 다른 누군가를 만나 행복하지 않았을까 하는 생각을 몇 번이고 해왔다.

그러던 찰나, 우연찮게 발견한 아버지의 외로움의 흔적은 나에게 독립 의지를 확고히 세우게 해주었고, 그 결과 무작정 일을 벌이게 된 것이었다.

물론… 막상 아버지는 내가 있든 없든 여전히 일 외엔 관심이 없으시긴 했지만……

어쨌거나 당시의 나는 분명 대출금을 갚을 자신이 있었고, 갚을 의지가 있었기에 문제가 없었지만. 사실상 가진 거라곤 몸뚱이밖에 남지 않은 지금의 나로선 평범하게 아르바이트를 전전해선 도저히 갚을 수가 없는 금액이었다.

물론 집을 도로 내놓는다는 선택도 있겠지만……

'독립하겠다고 집 나온 지 얼마나 됐다고 이제 와 도로 들어가다니. 아부지가 평생 놀려 먹을 게 뻔해. 그럴 순 없지.'

…이대로 아버지의 평생 안줏감이자 놀림거리가 되어줄 수는 없다는 자존심이 그런 선택을 막아서고 있었다.

게다가 대출금과 이자를 따져 보건대, 이대로 집을 정리한다면 나에게 남는 것은 텅 빈 통장밖엔 없을 것이다.

그리고 그런 결과는 내가 원하는 바가 아니었다.

'그런데 나한테 가장 문제가 되는 녀석을 이렇게 간단히 해결해 주겠다니… 물론 학교도, 거기 있을 녀석들도 마음에 안 들지만… 그래도 그 정도라면…….'

지금의 내 머릿속은 우리가 흔히 하는 헛소리들 중 하나인 '돈 몇 억을 준다면 감옥에 얼마간 있다가 나올 수 있어?'라고 물었을 때의 고민과 같은 것이었다.

'게다가 어쨌든 고등학교를 나오면 일단 나도 평범한 알바보다는 꽤 나은 일자리를 알아볼 수 있을 테니…….'

최근의 보통 중졸자들과 달리 적성, 재능, 꿈… 어느 것과도 관련 없는 일을 3년간 해오고, 앞으로도 그냥 그렇게 살 것이란 막연한 생각만을 하던 나로선, 앞선 세 가지를 기반으로 자신의 실력을 갈고닦아 사회에 나온 평범한 요즘 사람들과 많이 달랐다.

물론 이 세상의 수십억 명 모두가 자신의 적성, 재능, 꿈만을 떠올릴 수 없는 만큼 나 같은 부류가 아주 없는 것은 아닐 테지만, 앞서 말한 조건이 평범해진 이 사회에서 지금의 나와 같은 생각을 가진 사람들은 단순히 평범을 거부하는 존재가 아니라 최소한의 꿈조차 없는, 시도조차 해보지 못한 낙오자의 평가를 받는 게 현실이었다.

물론 나는 그다지 그렇게 생각하지 않지만, 어쨌거나 사회의 시선이란 그런 것이었다.

아버지에 의해 낙하산으로 대기업에 입사했다가 마찬가지로 아버지에 의해 끈 떨어진 연이 된 나로선 고등학교 졸업장이 있는 게 무엇보다 유리할 터였다.

'그래, 긍정적으로 생각하자고. 어차피 그 학교에 있는 애들도 졸업하고 나면 안 볼 테고… 나만 조용히 있으면 누가 건드리기야 하겠어? 십 년을 모아서 갚아야 할 대출금을 몇 년만 살다 나오면 탕감해 준다는데, 이 기회를 놓칠 순 없지.'

내가 그렇게 스스로를 설득하는 사이, 나의 기색을 전화기 너머로 읽기라도 한 듯 아버지가 재빨리 통보했다.

[뭐, 그럼 다니는 걸로 하고… 학교는 너네 집 근처에 있는 동해 고등학교다. 수속은 다 마쳐 놨어. 그리고 학년은… 이런 경우가 이례적이라 학교에서 테스트를 거쳐서 수준에 맞는 곳으로 넣어준다니, 그렇게 알고… 아, 교복이랑 교과서 같은 거는 아마 내일 중에 다 갈 거야. 학기 시작은 3월부터라곤 하는데, 그전에 미리 자세히 알아봐 두도록 해. 알겠지? 이만 바빠서 끊는다.]

"아, 아부지!"

뚜뚜뚜—

나의 다급한 목소리가 들렸음이 분명한데도 전혀 아랑곳 않고 전화를 끊어버리는 매정한 아버지의 모습을 휴대폰 액정을 통해 노려보며 중얼거렸다.

"이 인간… 처음부터 이럴 생각이었군……."

이미 입학 수속이며 교복 같은 모든 게 준비되어 있으니 한 달 뒤에 몸만 가면 되는 수준 아닌가.

게다가 내일까지 물건들이 도착하도록 한 것은 무조건 내일까지 나에게 수락을 받아낼 수 있다는 자신감의 반증이라고 할 수 있었다.

'뭔가… 당한 기분인데…….'

부르르—

어쩐지 엄지손가락을 치켜들고 씨익, 웃고 있을 아버지의 모습이 떠올라 절로 몸이 떨렸다.

어쨌든 간에 직장을 잃은 대신 앞으로 십 년간은 내 고혈을 빨아먹었을 큰 걱정거리가 완벽하게 해결되었으니… 어쩌면 차라리 잘된 게 아닐까 하는 생각을 하며 나는 옆에서 흥미진진하게 내 모습을 바라보던 관리인 아저씨에게 인사를 하고 터덜터덜 집으로 걸음을 옮겼다.

어차피 학교에 가는 날까지 강제로 백수 신세가 되었으니, 아버지 말대로 게임이나 하는 게 어울리는 행동이란 생각도 들었다.

"그럼… 일단 집에 가볼까……."

터덜터덜.

느닷없이 실직해 버린 가장의 느낌이 이런 것일까.

물론 딸린 가족이야 없지만서도… 왠지 그럴 거 같다는 생각이 들 만큼 멍한 기분이었다.

'그런데… 뭔가 굉장히 중요한 걸 잊어버린 거 같단 말이지.'

멈칫!

문득 떠오른 생각이었다.

무언가… 굉장히 중요한 무언가를 잊고 있다는 기분.

지금 당장 기억해 내고 따져야만 할 것 같은 무언가가 계속 마음을 불편하게 했다.

하지만 이미 무기력증에 빠져 버린 나는 더 생각하길 거부했다.

'그래, 뭐… 어떻게든 되겠지.'

솔직히 이 이상 복잡한 사고를 하고 싶지 않은 오늘의 기분이었기에… 차라리 아예 떠오르지 않았으면 좋겠다는 생각을 하며 나는 다시 걸음을 옮겼고, 그런 나의 소원을 들어준 것인지, 나는 그로부터 오랜 시간이 지난 뒤에야 떠올릴 수 있었다.

마찬가지로 오늘 아침 출근했다가 해고 소식을 접한 팀원 모두가 아무 말 없이, 아니, 오히려 희희낙락하며 돌아가게 한 어마어마한 '퇴직금'의 존재를 말이다.

그때의 나는… 도저히 떠올릴 수 없었다.

그 대신…….

부르르르—

집으로 돌아가는 길… 어쩐지 엄지를 치켜든 아버지의 모습이 다시금 떠올라 흠칫, 몸을 떨었다.

Chapter 6

엘프 마을에서

점심시간이 조금 지난 시각.

느릿한 발걸음으로 집에 돌아온 나는 곧장 접속기가 설치된 방을 찾았다.

"그럼… 게임이나 해볼까?"

집으로 돌아오며 한참을 멍해 있던 나지만, 비록 게임이라도 무언가 할 게 있다는 것에 안도감이 들었다.

만약 이것마저 없었다면 한 달간의 백수 생활이 끝날 무렵에는 인생의 낭비에 대해 고뇌하고 있을지도 모르니 말이다.

'뭐, 누구는 게임도 인생의 낭비라 평가하곤 하지만…….'

그래도 아무것도 하지 않고 한 달을 보내는 것과 무언가를 즐기며 한 달을 보내는 것에는 크나큰 차이가 있을 것이다.

'게다가 나름 재미도 있고 말이지.'

비록 하루 종일 뛰어다니고 나무를 기어오르는 등 이상하고 힘든 일투성이였지만, 평범한 현실에선 할 수 없는 일들을 하고, 모험을 할 수 있기에 게임이 재미있는 것이다.

애당초 현실과 같다면 그 누가 그 게임을 하고 싶어 하겠는가.

그런 면에서 볼 때, 어제 접속을 통해 확인한 리버스 라이프란 곳은 충분히 매력적인 세상이었다.

'거기에 마지막엔 꽤 신경 쓰이는 문구도 봤으니까.'

접속이 끊어질 무렵, 재능이 확정되었다는 시스템 메시지를 마지막으로 내용을 확인하지 못하고 곯아떨어졌다.

왜 게임을 하다 말고 갑자기 곯아떨어졌는지도 의문이지만, 그보다 더 궁금한 것은 누가 뭐래도 그 재능이란 것이었다.

여전히 리버스 라이프 개발자치곤 빈약한 지식이지만, 그래도 이 게임의 중요 시스템 중 하나인 재능 시스템이 무엇인지는 잘 알고 있었다.

게임 캐릭터가 생성된 후, 게임 속 인공지능은 유저의 신체적 특성은 물론, 정신적인 면까지 면밀히 검토하여 그 사람의 육체가 가질 수 있는 게임상의 재능을 몇 가지 선발하도록 되어 있었다.

그리고 게임 플레이를 하며 그 재능을 필요로 하는 순간이 되면, 몇 가지 재능이 다시 선발되어 게임상의 플레이에 영향을 주는 방식이었다.

'내가 재능을 얻은 순간은… 그 엘프들이 보여준 동작을 따라 했을 때니까 몸을 쓰는 쪽에 연관되었을 가능성이 높겠네.'

혹은 한 번 시연된 것을 그대로 따라 한 것과 관련하여 기억력 같은 재능이 나타났을 가능성도 있었다.

'기억력이라… 마법 계열의 능력치를 향상시키고 도움을 주는 대표적인 재능이었지. 만약 기억력이면 이번엔 마법사를 해 봐야지.'

재능의 종류는 그야말로 천차만별일 뿐 아니라, 같은 재능을 가졌다 해도 캐릭터가 가진 직업이나 능력치, 그리고 플레이하는 사람에 따라 재능의 효과가 달라지기 때문에 딱히 어떤 재능이 좋다고는 말할 수 없지만, 기억력이라는 재능은 그런 것들 사이에서도 가장 무난하면서 마법사가 아닌 직업들과도 잘 맞는 능력 중 하나인 만큼 게임 플레이에 유리한 면이 있었다.

'뭐, 무슨 직업을 할지는… 들어가서 결정하는 게 좋겠지.'

다만, 나는 할 수 있다면 되도록 마법사 같은 직업을 해보고 싶었다.

모션 액션 개발팀으로 활동하면서 게임 속 많은 것들의 기초 동작을 만들었던 나지만, 그다지 큰 액션을 필요로 하지 않는 마법사와 관련한 대부분의 것들은 우리 팀이 만들지 않은 만큼 마법사란 직업에 대한 궁금증이 있었다.

'아무리 재미난 일이라도 같은 것만 해서는 계속 재밌을 수 없는 법이니까!'

오늘 새벽 직접 몸으로 재현해 봤던 엘프 비전이 대표적인 예였다.

개발 때와는 달리 초보자의 몸으로 고난이도 동작을 재현하는 것은 꽤 나쁘지 않은 경험이지만, 만약 나에게 그것을 여유롭게 해낼 만큼의 능력치가 있었다면 엘프 비전은 나에게 큰 감흥을 줄 수 없을 것이다.

그렇기에 쉬는 기간 동안 게임을 즐기고 싶은 나로선 전사며 궁수, 도적과 같은 몇 가지 기본 직업들 속에서 내가 만들었던 것들을 다시 하는 플레이는 꺼려지는 바였다.

착! 찰각!

"흠, 완벽하군."

딴생각을 하는 와중에도 이미 수년 사이 익숙해진 접속 과정은 차근차근 진행돼 어느새 내 몸엔 센서를 비롯한 다양한 장비가 주렁주렁 매달렸다.

삐빅!

치이익—

푸쉬이이이익!

그렇게 익숙한 캡슐의 개폐음이 들리고…….

그 안에 편안히 몸을 눕힌 내 눈앞에 선명한 글자가 떠올랐다.

접속 승인.

밀려오는 나른함에 몸을 맡기며, 나는 그렇게 다른 세상으로
가는 열차에 몸을 실었다.

"#%#@%#·%$#"

"*$##$()#$·"

이게 무슨 소리일까?

"#$%@%···까?"

"·$*$%···도록 해."

접속 직후의 몽롱함인지, 아니면 접속이 끊어질 당시의 상태
이상으로부터 회복되는 과정인 탓인지 흐릿하게만 들려오는 여
러 개의 목소리에 귀를 기울이며 무거운 눈꺼풀을 차분히 들어
올렸다.

"···야, 깨어나나 봐! 빨랑 정리해."

"매, 매듭이 잘 안 풀려!"

"뭐?!"

퍼뜩!

"히이익!"

"힉!"

"……."

이게 무슨 상황인 걸까?

눈을 뜨자마자 보인 것은 어제의 남자 엘프들이었다.

그들이 누워 있는 나를 중심으로 의식이라도 치르듯 둥글게 모여 나를 내려다보고 있는 모습은… 뭐, 내가 있던 곳이 엘프 마을이었던 만큼 이해할 수는 있었다.

하지만 눈을 뜬 나를 보며 깜짝 놀란 표정을 짓는 그들의 모습과, 나와 눈이 마주친 엘프가 들고 있던 굵고 튼튼해 보이는 동아줄, 그리고 그걸 황급히 숨기는 엘프의 모습에서 나는 묘한 위화감을 느꼈다.

이상한 점은 그뿐만이 아니었다.

'몸을… 움직일 수가 없어.'

결박된 듯 옴짝달싹할 수 없음에도 어쩐지 조금 익숙하게 느껴지는 압박감에 엘프들을 쳐다보길 그만두고 나의 몸 상태를 파악하고자 눈을 돌려 내 몸을 보았다.

내 시선의 의미를 알아차린 한 엘프가 재빨리 손에 들고 있던 천 같은 것을 이용해 내 시야를 가리고자 했지만… 아무리 재빠른 엘프라도 사람의 눈을 본 다음 시야를 가리는 것은 불가능했다.

"귀갑……?"

펄럭!

나는 내 몸 위로 선명히 만들어진, 거북이 등껍질 모양의 매듭을 보며 순간 의문을 떠올렸다가, 이내 한발 늦게 내 얼굴 위로 떨어지는 천의 감촉을 느끼며 지금 내가 본 것이 무엇인지 생각해 냈다.

그러고는…….

"끼야아아아아아아악!!"

내 입에서 나왔다고는 믿을 수 없는 하이 톤의 비명 소리가 엘프 마을에 울려 퍼졌다.

"…그래서 그걸 그렇게 해보고 싶었다는 거야?"

"아니, 그게… 해보고 싶었다고 해야 하나… 갑자기 호기심이 생겼다고 해야 하나……."

나는 옹기종기 꿇어앉은 남자 엘프들을 보며 팔짱 낀 자세로 그들의 변명 아닌 변명을 듣다가 버럭 화를 냈다.

"아무리 그래도 그렇지! 그렇다고 자는 사람을 상대로… 그런… 그런……!"

울컥!

절로 손수건으로 손이 가게 만드는 나의 비탄에 찬 목소리에 꿇어앉은 엘프들이 단체로 뜨끔하는 표정을 지었다가 그들의 대표 격인 그 오빠 엘프, 지난번에 자신을 칸이라고 소개한 엘프가 입을 열었다.

"하, 하지만… 우리로서도 어쩔 수 없었다고. 어쨌거나 너는 우리가 조건으로 걸려고 했던 비전을 이미 습득한 상태고… 우리가 받으려고 한 것은 시간이 지날수록 옅어져 가는데 너는 계속 잠만 자고 말이야. 우리로선 그게 최선이었다고."

째릿—!

움찔!

정말이지 억울하다는 듯 말하는 칸.

한차례 노려보는 것으로 그의 입을 다물게 만들었지만, 나로서도 그의 심정을 이해 못하는 바는 아니었다.

그들 입장에선 이미 나는 그들의 비전을 받아간 상태였고, 그들이 받을 계획이었던 물건은 시간이 지나면 사라지는 것임에도 내가 그것을 가지고 만 하루를 잠들어 있었으니, 일단은 그것을 챙길 의도로 그랬던 것이리라.

물론…….

'이 녀석들이 처음에 거래할 물건이 뭔지 미리 말해줬다면… 엘프 비전이고 뭐고 받지도 않았을 테지만…….'

물론 엘프들로서도 거래를 하기 전에 물건을 확인시켜 줄 속셈으로 나에게 비전을 보여준 것뿐이지만, 내가 덜컥 그 모든 걸 따라 해버리니 그들로선 나로부터 강제 징수하는 것밖엔 답이 없긴 했다.

'하지만 아무리 그래도 그렇지… NPC가 귀…갑… 묶기에 빠져 있다니……!'

처음 들었을 땐 너무 어처구니가 없어서 유저를 놀릴 의도로 이러한 설정을 가지도록 한 것은 아닐까 하는 생각이 들었지만, 이미 인공지능의 자유도가 극한에 이른 이 리버스 라이프의 엘프들은 분명 자신들의 의지로 그런 행동을 하고 있는 게 분명했다.

그에 대해 궁금증이 생기는 것은 자연스러운 일이기에 피해자인 나는 이런 수치를 안겨준 이유를 물었고, 그 이유는 가히 가관이라 할 수 있었다.

그것은 언제나와 같이 숲 외부에 있는 인간들과의 교역을 위해 칸이 마을 밖으로 나간 어느 날의 일이었다.

드높은 악명만큼이나 강력한 몬스터들 탓에 숲을 완전히 벗어나 인간들의 마을에 닿을 수 있는 엘프는 극소수인 만큼, 칸은 언제나 교역지에 가면 인간은 물론 각 종족의 다양한 문화를 담은 책을 사거나 세상의 정세를 익히곤 했다.

이는 외부와 단절된 생활을 하는 탓에 바깥세상에 대해 무지한 엘프들의 교육을 위해서이기도 했지만, 세상에 대한 호기심이 왕성한 칸에게 있어 욕구 해소의 방법 중 하나였다.

그렇게 각 종족의 사회와 문화에 대한 왕성한 호기심을 가진 그가 언제나처럼 들른 서점에서 단숨에 시선을 사로잡는 빨간색 표지의 책을 집어 든 것은 어찌 보면 필연이라고 할 수 있었다.

특별한 길을 걸어온 책임을 입증이라도 하듯, 날카로운 상처와 그을림, 녹아 흐른 밀랍의 흔적들은 책을 집어 든 칸의 흥미를 자극했고, 이내 책을 펼친 그는 홀린 듯 내용에 빠져들었다.

글씨도 없이 그림만이 가득한 책 속, 수많은 인간 남성들이 다양한 방법과 형태로 몸에 줄을 감고 선 모습은 칸의 호기심을 일으켰다.

특히나 그곳에 그려진 남성들의 울퉁불퉁한 육체와 책 속 유일하게 적혀 있던 글자인 귀갑, 거북이 등껍질이라는 글은 칸에게 어떠한 영감을 심어주기에 충분했다.

결국 서점 직원의 기묘한 시선을 무시하고 책을 구입한 칸은 그 속에 그려진 그림들을 따라 실험하기에 이르렀고, 그 과정에서 자신의 내면으로부터 무언가 기묘한 힘이 용솟음치는 것을 느끼며 한 가지 결론에 이르렀다.

— 이것은 비전이다!

그것도 인간 전사들 내면의 용기와 힘을 이끌어내는 특별한 주술 의식을 담은 책이 분명했다.

비록 그런 중요한 비전이 어째서 서점, 그것도 헌책을 쌓아두는 곳에 아무렇게나 굴러다니고 있는지는 의문이지만, 서점 주인이 책 속 내용의 비범함을 알아볼 실력이 없다고 가정하자 그다지 이상할 것도 않았다.

결국 며칠간 남는 시간을 전부 책 속 내용 입증에 투자한 칸은 마을에 돌아와 당당히 외쳤다.

— 우리가 강해질 방법을 찾았다!

마을의 전사장답게 압도적인 실력으로 숲을 벗어나 교역을 해오던 칸은 언제나 혼자서밖에 움직일 수 없는 탓에 교역의 제한을 매번 아쉬워했고, 실력이 미치지 못하는 전사들을 안타까워했다.

그런 그에게 있어 이번에 얻게 된 인간들의 비전은 매우 흥미로운 발견이었다.

물론 그 미증유의 힘을 사용하기까지는 고된 노력이 필요할 테지만, 강해질 수 있는 실마리를 찾았다는 것은 그를 고무시켰다.

하지만… 마을에 돌아와 귀갑 묶기를 설파하던 칸은 한 가지 커다란 문제에 봉착하고 말았다.

마을의 전사들이 귀갑 묶기를 실행해 보았지만, 칸과 달리 그들은 아무런 힘을 느끼지 못했던 것이다.

인간들의 비전인 만큼 어느 정도 개량의 필요성이나 효력의 약화 등을 염두에 두고 있던 칸이지만, 아무런 힘조차 느끼지 못할 것이라곤 미처 예상하지 못했다.

그러나 칸 스스로는 분명 그 힘을 느낄 수 있는 만큼 귀갑 묶기에 있어 어떠한 특별한 조건이 있다고 생각하여 심도 있는 분석이 이루어지기 시작했고, 그 과정에서 하나둘, 정체불명의 힘을 감지하기 시작하는 엘프 전사들이 나타나기 시작했다.

그럼에도 불구하고 여전히 그 힘은 미약하기만 했고, 칸과 엘프 전사들에겐 귀갑 묶기에 대한 더 많은 연구와 정보가 필요했다.

결국 칸이 다시 한 번 인간 마을로 가는 것이 결정된 다음 날, 동생의 수련을 겸해 잠시 마을 밖에 나갔던 칸은 오롯이 자연의 힘만으로 이루어지는 완벽한 귀갑 묶기를 목격하고야 말았던 것이다.

　그리하여 지금은…….

　'결국 그냥 이 자식이 변태라는 거잖아!'

　자연의 귀갑 묶기를 선보였던 사람이자 이 사건의 피해자인 나는 칸의 이야기에 집중했던 시간을 아까워하며 속으로 혀를 찼다.

　귀갑 묶기와 관련된 진실을 지금이라도 알려준다면 어떨까 하는 악마적 생각까지도 들었다.

　하지만 정말이지 진지하게 귀갑 묶기라는 주술의 필요성과 그 힘에 대해 설파하는 칸의 모습에 차마 용기를 낼 수 없던 나는 조용히 침묵하기로 했다.

　어쨌거나 내가 이렇게 이곳 마을에 오게 된 것도, 그리고 그들이 나에게 엘프 비전까지 제시하려 했던 것도 모두 그런 맥락에서였다.

　'그래서 이 녀석들과 처음 대화를 했을 때 비전이랑 교환하자느니 하는 소리를 했던 것일 테지.'

　귀갑 묶기 자체를 인간의 비전이라 인식하고 있는 만큼, 칸은 그런 비전에 어울리는 대가가 있어야 한다고 생각한 것이 분명했다.

물론 우연히 나무에 매달리게 되는 과정을 직접 목도한 칸이 내가 귀갑 묶기를 잘 알고 있으리라 생각한 것은 아니었을 테지만, 단순히 내 몸에 난 멍 자국의 연구를 위해서라도 그만한 가치가 있다고 생각했던 것이리라.

그리고 설마하니 내가 그렇게 단숨에 엘프 비전을 습득할 줄은 모른 것이 분명했다.

'원래는 주는 거 없이 받아갈 생각이었을 테지.'

평범한 인간, 그것도 마을 출입 조건의 최저치조차 닿지 못하는 이방인이 익힐 수 있는 게 아니라는 자신감이 비전을 내놓게 했다.

실제로 본래 엘프 비전은 이곳 마을에 있는 엘프들 수준의 능력치를 가져야만 익힐 수 있고, 그들조차도 다섯 가지 모두를 익히기보단 각자에게 어울리는 한 가지씩을 집중적으로 익힐 정도이니, 나름 자신이 있었을 것이다.

물론 나한텐 해당하지 않는 부분이겠지만……

'그나저나… 설마하니 이런 것까지 세심하게 구현되어 있을 줄이야.'

〔멍 : 줄 같은 것에 묶였던 흔적이다. (남은 시간 6시간 32분)〕

팔목에 남아 있는 멍 자국에 시선을 집중하자 저절로 떠오르는 작은 시스템 메시지.

나는 이 게임의 세심한 디테일에 혀를 내두름과 동시에 엘프들이 비전까지 내놓으며 얻고자 한 것이 고작 이런 것이라는 한심한 현실에 대해 혀를 찼다.

'쯧쯧, 안타깝군. 내가 말해주진 않겠지만… 진실을 알게 되면 무슨 일이 일어날지……'

엘프 사회란 것이 어떻게 구성되어 있는지 외부인인 나로선 잘 알 수 없지만, 만약 이게 인간들 사이에서 일어난 일이라면 칸은 그야말로 사회적 사망 선고를 받기 직전이나 다름없는 상태라고 할 수 있었다.

'물론 내 알 바는 아니지만.'

사정이야 딱하긴 하지만, 사실 내가 어찌할 수 있는 게 아니고, 자신들 멋대로 오해하여 나에게 넘겨 버린 비전에 대한 대가도 어찌어찌 치렀으니, 나로선 더 이상 엮이고 싶지 않은 게 솔직한 심정이었다.

'그렇게 따지고 보면 내가 잠든 사이에 이 녀석들이 알아서 챙겨간 게 다행인지도 모르겠군.'

아무리 게임 속 NPC들이라곤 하지만, 남정네들 앞에서 옷을 벗고 몸 구석구석을 구경시켜 주고 싶은 마음은 추호도 없었으니 말이다.

'그럼 이 일은 적당히 이쯤에서 정리할까?'

비록 불미스런 사건이 있긴 했지만 어쨌든 칸과의 거래는 완료가 된 것이고, 여자 엘프들로부터는 징그럽다는 시선을, 남자 엘프들로부터는 징그러운 시선을 받는 이곳 엘프 마을을 한시라도 빨리 빠져나가고 싶었기에 나는 이 일을 이쯤에서 마무리 짓기로 했다.

'뭐, 내 기분을 불쾌하게 만든 죄로 칸이 말한 인간 마을까지 안내할 인원을 붙여 달라고 하면 되겠지.'

개인적으론 더 이상 이들이랑 엮이는 일이 없도록 방향만 물어본 후 혼자서 가고 싶은 심정이었지만, 이 주변이 나 같은 초보자가 돌아다닐 만큼 만만한 곳이 아님을 확실히 인지한 이상 굳이 좋은 안내자를 두고 힘들게 가고 싶은 마음은 없었다.

거기에 앞선 내용을 요약해 보면, 칸을 제외한 나머지 엘프들은 딱히 문제가 있는 부류는 아닌 듯싶으니, 혹여 거리가 멀어 동행이 길어지더라도 크게 걱정할 필요는 없을 듯했다.

'그리고 보니 오늘 정신이 없어서 이 버그에 대해 말해준다는 걸 깜빡했네.'

지금은 어쩌다가 게임을 진행 중이긴 하지만, 내 게임 스타트 장소가 버그임은 확실하기에 그에 대한 버그 리포트를 할 생각이었다.

물론 시작하자마자 이상한 곳에 떨어지는 이런 버그가 성행 중이라면 아버지가 모를 리 없을 테지만, 일하는 와중에 액션 팀을 자르고 나를 학교에 보낼 생각과 준비까지 하는 것을 봐서는 딱히 버그를 고치느라 열을 올리는 중은 아닌 듯싶었다.

그러니 아마도 이런 버그의 존재를 모르고 있을 가능성이 컸다.

'이따가 나가서 해야지.'

물론 리버스 라이프에는 게임을 진행하는 중에도 얼마든지 버그 리포트를 작성할 수 있는 기능이 있지만, 나는 굳이 그럴 필요성을 느끼지 못했다.

아니, 그보다도 그럴 여유를 갖지 못했다.

가상현실을 통해 해본 것이라곤 몬스터와 싸우거나 이런저런 모션을 취하며 동작을 연구하는 것뿐이던 나는 NPC와의 커뮤니케이션에 대해 약간의 곤란을 겪고 있는 중이었으니 말이다.

'온라인 게임인지라 내가 하는 행동들도 실시간으로 받아들이고 내가 외부에 있어도 내부의 나를 보면서 반응을 하니… 지금 내가 버그 리포트라도 썼다간 대화하다 말고 허공에 헛손질을 하는, 정신 나간 놈으로 볼 테니까… 그런 건 피해야지.'

그러나 그러한 나의 걱정은 사실 기우에 불과했다.

리버스 라이프는 완벽을 표방하는 가상현실 게임답게 유저가 인터페이스 조작이나 시스템과 관련한 동작을 하는 것을 NPC는 인지하지 못하도록 설계가 되어 있었다.

만약 그 모든 걸 실시간으로 NPC들이 인지하게 된다면, 방금 전 나의 걱정대로 사람처럼 사고하는 인공지능 NPC들은 유저들을 이상하게 볼 것이고, 이는 여러 상황에서 불편을 초래할 수밖에 없을 테니 말이다.

또한 로그아웃 이후의 문제에 대해서도 마찬가지였다.

로그아웃에는 두 종류가 있는데, 첫째로는 No Trace 방식으로, 우리가 흔히 아는 로그아웃 시에 캐릭터가 그 자리에서 사라지는 로그아웃 방식이었다.

그리고 둘째로는 로그아웃 시 캐릭터가 그 자리에 남는 Trace 방식이 있는데, 이 경우는 특별히 게임 설정을 통해 조절을 하거나 자의에 의한 로그아웃이 아닌, 상태 이상 등의 특별한 경우를 통해 게임상에 캐릭터가 남아 있지 않으면 게임의 진행이 막히는 경우에 발생하는 것이었다.

내가 오늘 겪은 일은 나의 로그아웃이 정상적이지 못했던 관계로 발생한 후자의 경우인데다 평소엔 신경 쓸 필요가 없는 내용이지만, 이러한 사항을 알려주는 정식 튜토리얼을 거치지 못한 나로선 걱정되는 부분이기도 했다.

어쨌거나 그렇게 이런저런 생각을 하며 앉아 있는 나를 보던 칸은 슬쩍 눈치를 살피는가 싶더니, 천천히 입을 열어 나에게 제안을 했다.

"크흠, 저기……."

"응?"

"혹시 이번 일에 대해 보상을 생각하고 있다면 말이야… 내가 생각해 둔 게 있는데……."

"으응?"

보상?

기껏해야 내가 생각하고 있던 건 여기 NPC 하나를 데리고 마을까지 안내해 달라는 것 정도였는데, 갑자기 보상이라니…….

굉장히 뜬금없는 이야기지만, 나로선 거절할 이유가 전혀 없는 이야기였다.

"이야기해 봐."

"흠흠, 뭐, 우리로서도 재화나 특별한 물건을 주는 건 여전히 곤란하지만… 저번에 우리의 비전을 가르쳐 줬던 것처럼 네가 우리로부터 습득하는 형식을 취하면 특별히 문제될 게 없다는 말이지."

'이 부분도 말해 드려야겠네…….'

스킬 보상 시 스킬 북이 아닌, 직접 전수를 통해 보상을 습득하는 방식.

내가 엘프 비전을 얻어낸 방법이었다.

시스템상의 허점이라고 할 수 있는 부분을 NPC가 아무렇지 않게 언급하는 것을 보며 속으로 혀를 내두른 나는 조금 더 자세한 이야기를 듣고자 가볍게 반문했다.

"그래서?"

"그게… 아마 넌 이곳에 무언가 잘못된 경로를 통해 들어온 거 같더란 말이지. 지금 너에게서 느껴지는 힘도 그렇고, 나와 처음 만났을 때 모습도 그렇고……. 그렇다면 여길 빠져나가기 위해선 아무래도 힘이 필요하지 않겠어?"

"…내 힘을 길러주겠다는 거야?"

"뭐, 간단히 말하자면 그렇다고나 할까."

나는 나의 상태를 정확히 꿰뚫어 보는 NPC의 수준 높은 인공지능에 감탄하는 한편, 칸이 제안한 것에 대해 유심히 생각해 봤다.

'사실 그냥 안내를 받아 이곳을 뜨는 게 가장 현명하긴 한데 말이지……'

아까 생각한 대로 그다지 이곳에 엮이고 싶은 마음도 별로 없거니와, 여러모로 주변의 시선이 부담되는 만큼 사실 게임을 평범하게 즐기고 싶다면 이대로 이곳을 떠나 초보 유저의 신분으로 제대로 게임을 시작하는 게 좋았다.

하지만… 그래서는 무언가 부족했다.

굳이 게임을 어렵게 하고 싶은 마음은 없지만, 그렇다고 평범하기만 한 게임도 사양이었다.

어차피 즐기는 게임이라면 신나고 재밌는 방향으로 즐기는 것이 나의 스타일이었다.

그리고 지금 내 앞엔 그런 재미난 일이 있을 것 같은 선택지가 생겨난 상황.

주변 분위기는 여전히 조금 껄끄럽긴 하지만… 뭐, 그래봤자 게임 아니던가.

'하다가 잘못돼 봐야 캐릭터 죽는 거밖에 더 하겠어?'

현실에서라면 잘못될 경우 목숨을 걸어야 하는 일은 당연히 질색을 했을 테지만, 게임에서의 죽음이란 리스폰 장소에서의 부활로 이어지는 것뿐인 만큼 거리낄 이유가 없었다.

게다가 난 여전히 잃은 게 없는 초보자의 몸이 아니던가.

그 이상 깊은 생각은 사치라고 여긴 나는 칸에게 손을 내밀었다.

"좋아. 그 제안… 받아들이지."

씨익—

"좋은 선택을 한 거야."

내 대답에 길게 웃어 보이는 칸을 보며 조금 불안한 기분이 들기는 했지만, 나는 애써 그런 기분을 무시하고 칸이 내민 손을 맞잡으며 웃어 보였다.

그러자…….

띠링—

〔퀘스트를 수락하시겠습니까?〕
수락 : 악수하기 / 거절 : 손 놓기

〔탈출! — NPC 지정 퀘스트〕

고대 드래곤의 장난으로 만들어졌다는 소문이 도는 숲, 케이안.

마법으로 이루어진 기묘한 지형과 대륙에서 손에 꼽힐

만큼 흉포함을 지닌 괴수들이 지천에 깔려 있어 지옥을 방불케 하는 그곳에 이방인 모험자가 나타났다!

하지만 강자들만이 들어올 수 있는 이곳에 온 모험자의 상태가?

이대로 이 벌거벗은 모험자를 떠나보낸다면 살아서 마을에 도착하는 것보다 죽어서 다음 생에 그 마을에 환생할 가능성이 더 커 보인다.

그런 이유로 숲의 질서를 지키는 '전사장 칸 엘누'가 모험자에게 손을 내민다!

전사장 칸 엘누의 가르침을 받고 혼자서 케이안 숲을 빠져나갈 수 있을 만큼 강해져라!

시간 : 무제한
보상 : 무제한
성공 조건 : 케이안 숲을 자력 탈출한다
실패 조건 : 칸의 실패 인정
실패 페널티 : 케이안 숲 엘프들과의 우호도 하락, 엘프 종족과의 거래 시 페널티 발생, 케이안 숲 입장 시 비명과 비웃음이 들립니다. 칭호 '닿으면 안 돼!' 획득

〔칭호 ― 닿으면 안 돼! : 임신당해 버렷!〕

"……."

'뭐야, 이거? 퀘스트가 됐잖아?'

NPC의 즉석 발언에 동의하는 것만으로도 퀘스트가 발생하는 무시무시한 자유도에 새삼 감탄을 하면서 퀘스트 내용을 살펴보던 나는 인상을 찌푸렸다.

'이게 뭐야? 완전 칸이 나를 가엾게 보고 선심 쓰는 듯한 내용이잖아? 아니, 그리고 보상 무제한은 뭐야? 뭘 주기에 무제한이란 거야? 페널티는 또 뭐고? 그리고 저 칭호는 대체 뭐야?'

재빨리 퀘스트 내용(특히 칭호에서)을 훑는 내 눈에 불만의 기색이 어리기 시작할 무렵, 슬며시 나의 눈치를 살피던 칸의 뜨끔하는 기색이 느껴지더니, 갑자기 눈앞의 퀘스트 내용이 바뀌었다.

〔탈출! ― NPC 지정 퀘스트〕

고대 드래곤의 장난으로 만들어졌다는 소문이 도는 숲, 케이안.

마법으로 이루어진 기묘한 지형과 대륙에서 손에 꼽힐 만큼 흉포함을 지닌 괴수들이 지천에 깔려 있어 지옥을 방불케 하는 그곳에 나타난 이방인 모험자.

하지만 지금의 모험자는 이 숲을 빠져나가기엔 너무 약했는데…….

우연히 모험자와 인연을 맺게 된 케이안 마을의 전사장 칸 엘누는 모험자에게 무례를 범한 대가로 그에게 이곳을 빠져나갈 힘을 전수하기로 한다.

지금이 기회다!

전사장 칸 엘누의 가르침을 받고 혼자서 케이안 숲을 빠져나갈 수 있을 만큼 강해져라!

시간 : 무제한

보상 : 무제한

성공 조건 :   케이안 숲을 자력 탈출한다

실패 조건 : 칸의 실패 인정

실패 페널티 : 케이안 숲 엘프들과의 우호도 하락, 엘프 종족과의 거래 시 페널티 발생, 케이안 숲에 입장 시 비웃음이 들립니다. 칭호 쫌생이 획득

〔칭호 — 쫌생이 : 쫌생이〕

"……"

좀 나아진 걸까?

여전히 페널티의 칭호 부분은 물론 보상 내역도 모호하긴 하지만, 퀘스트 내용은 확실히 나아진 듯싶었다.

'그래, 뭐, 이 정도라면……'

어쩐지 조삼모사의 원숭이가 된 것 같은 기분이 들기는 하지만… 어쨌거나 퀘스트를 완수하면 되는 일 아니겠는가.

나는 그제야 칸의 손을 쥐며 작게 흔들었고, 약간 긴장한 표정을 짓고 있던 칸의 얼굴에 다시금 작은 미소가 감돌았다.

띠링!

〔퀘스트를 수락했습니다.〕

그리하여… 나의 본격적인 게임 생활, 약 80일에 걸친 노가다 대장정이 시작되었다.

삑! 삑! 삑!

"하나!"

삑! 삐— 삑! 삐— 빅!

"둘!"

…대체 저런 걸 어디서 구해 온 것일까?

원래 장비하고 다니던 것들은 다 어쨌는지, 나뭇잎을 꼭 닮은 녹색의 옷에 눈에 확 띄는 새빨간 모자를 눌러쓴 칸이 앞에서 호루라기를 불면 나는 절로 몸을 움직이며 구령을 붙였다.

삑! 삑! 삑!

"…아홉!"

삑! 삐—삑!

"여… 얼……."

"훈련생! 정신 안 차립니까! 제가 마지막 구호는 어떻게 해야 한다고 했습니까!"

"외치지 않는다고……."

"안 들립니다! 더 크게 말합니다!"

"외치지 않는다고 했습니다!"

"그걸 알면서 왜 그랬습니까!"

'지금 그걸 지금 질문이라고 하냐! 니가 틀리게 만들었잖아!'

이 녀석은 대체 나에게 무슨 원한을 갖고 있기에 이러고 있다는 말인가.

속으론 그야말로 불만이 가득하고 할 말이 수두룩했지만, 나는 이미 대꾸할 힘도 없을뿐더러 지금 반항해 봐야 어차피 곧장 부메랑이 되어 돌아올 것임을 빤히 알았기에, 나는 대꾸하지 않고 다시 시작되는 호루라기 소리에 늘어져 있던 팔을 들었다.

"자, 팔 벌려 뛰기! 횟수는 20회! 몇 회?"

"이…십 회……!"

"목소리가 작다! 다시 30회! 몇 회?"

"삼십 회!"

"좋다! 25회 실시한다. 마지막 구령은 붙이지 않는다! 시작!"

삑! 삑! 삑!

"하나!"

띠링—!

〔체력이 1 올랐습니다.〕

'이젠… 싫어!'

이곳 시간으로 7일 전.

자력으로 숲을 벗어날 수 있을 만큼 강하게 만들어준다는 말에 호기심이 생겨 덜컥 퀘스트를 받아들인 나였다.

하지만 어째선지 고개를 절레절레 혼드는 다른 엘프들의 모습에 의문을 느끼기도 전에 칸의 손에 이끌려 마을 입구, 이곳 케이안 숲의 중심이자 이 마을이 형성된 나무인 세계수의 정상에 서게 되었다.

'호오, 여기가 이렇게 생긴 곳이었군.'

세계를 떠받치는 기둥과 비견되는 세계수의 정상에서 내려다본 케이안 숲은 나무의 바다라는 말이 잘 어울릴 것 같은 초록의 향연이었다.

커다란 바람이 불면 우수수 파도치는 초록의 장엄한 광경을 구름이 걸린 세계수의 가지 사이로 보고 있노라면, 일평생 별로 생각해 본 적 없는 단어인 호연지기란 것이 절로 느껴질 정도였다.

"좋은 곳이군."

그 압도적인 자연 경관에 넋을 잃은 사이, 곁에 다가온 칸은 내가 감탄하는 모습을 차분히 바라보면서 내 말에 동의했다.

"그래, 좋은 곳이지."

그렇게 잠시간의 경치 감상 이후, 나는 이 세계에서 가장 높다고 알려진 곳들 중 하나의 정상에서 마침내 첫 훈련을 받게 되었다.

빙글.

"자, 이거 보여?"

끄덕.

잠시 자연에 심취할 수 있던 시간이 지나고, 칸이 곧장 꺼내든 것은 날이 뭉툭한 단검이었다. 그 뭉툭한 날은 물론이거니와, 투박한 모양과 색까지… 한눈에 봐도 훈련용 무기임을 알 수 있게 해주는 비주얼을 가진 녀석이었다.

'단검이라… 날을 보니 저걸로 싸워도 크게 다칠 거 같지는 않지만… 엘프 비전이랑 관계없는 무술을 배울 줄은 몰랐는데……'

엘프들은 각자의 부족에 내려오는 비전 기술을 기반으로 힘을 키워 나갔다.

한데 칸이 전사장인 이곳 엘프 족 비전에는 단검술이 없으니,

부수적인 기술일 터였다.

'어쩌면 간단한 것부터 차근차근 가르쳐 나가려는 것인지도 모르지.'

내가 유일하게 만나본 괴물인 거대 토끼를 떠올리면 단검 같은 무기가 먹힐 리가 없는 만큼, 단검술은 분명 민첩한 동작이나 판단을 위한 훈련의 도구일 것이 분명했다.

'단검 싸움일까, 아니면 엘프 비전 때처럼 보고 따라 하기?'

칸의 손에 들린 단검을 보며 살살 몸을 푼 나는 슬쩍 자신감 넘치는 미소를 지었다.

'그렇다면 날 너무 쉽게 봤군,'

비록 예상치 못한 과목이긴 하지만, 애당초 이 퀘스트를 수락함에 있어서 나 역시 믿는 바가 있었다.

그건 바로 내가 이 게임의 인간형 캐릭터가 사용하는 대부분의 전투 모션을 직접 녹화하거나 도왔다는 점이다.

'후후, 아무렴 혼자서 괴물이 득시글한 곳을 통과하라는, 그 야말로 막연한 퀘스트를 받는 데 아무런 생각도 없었을까 봐.'

물론 내가 기억하는 게 모두 완벽할 리도 없고, 스텟이 많이 올랐다 한들 여전히 초보자의 몸이라 고난이도 기술을 수행하기엔 문제가 있지만, 그럼에도 단 한 번의 시연을 보고 비전이라 불리는 기술을 습득한 내 자신감은 쉽게 꺾이지 않았다.

'덕선 아저씨가 개발했던 단검술일까? 정희 누님은 양손 무기를 위주로 했으니 아닐 것 같고……'

나는 여전히 칸의 손에서 빙글빙글 돌고 있는 뭉툭한 단검을 보며 저 짧은 한 자루로 펼칠 수 있는 기술들을 하나둘 떠올려 나갔다.

그러다가 이내 이어진 칸의 말에 생각을 멈췄다.

빙글빙글.

"준비운동은 끝난 거야? 체력 훈련이니까, 몸 잘 풀어두는 게 좋아."

단검을 이용한 체력 훈련이라는 말에 선뜻 이해가 가지 않았지만, 어차피 그 역시도 단검을 활용하는 범위 내일 거라는 생각에 적당히 고개를 끄덕였다.

"그래."

빙글빙글.

"그럼 시작한다?"

"…와랏!"

별다른 설명 없이 바로 시작한다는 칸의 말에 아마도 어려운 동작을 직접 시연하거나, 나를 상대로 단검을 휘둘러 피하는 등의 연습을 시킬 거라고 생각하던 나는 신중한 태도로 자세를 잡았다.

휙!

"……."

"……?"

어, 뭐지?

나는 적당히 허공에 던져진 단검이 우리가 선 곳으로부터 멀어져 자유낙하를 시작하는 모습을 멀뚱히 보다가, 이내 이게 뭐냐는 의미로 칸을 쳐다봤다.

그러자…….

"뭐해?"

"……?"

"갖고 와야지."

"……!!"

그때, 정확히 칸이 단검을 던진 곳 밑에서부터 세계수 정상에 있는 나에게까지 들릴 만큼 커다란 포효 소리가 들려왔다.

꾸어어어어엉!

"흠, 사이클로프스인가? 뭐, 그 커다란 눈에 뭐.라.도 들어갔는지 굉장히 고통스러워하는 울음소리네."

"……."

태연스레 말하며 칸은 멀뚱히 서 있는 나를 보며 이상하다는 듯 말했다.

"뭐해? 내려갔다 와."

"……."

그 말 한마디로 나는 칸에 대해 확신할 수 있는 게 한 가지 생겼다.

이 녀석은 단순히 묶이는 걸 좋아하는 것뿐 아니라… 묶는 것 역시 좋아하는 녀석이라고…….

그렇게 체력, 근력, 민첩성 훈련이라는 명목하에 끝없는 뺑뺑이가 시작되었다.

그로부터 게임 시간으로 7일이 지난 지금.

나는 체력 단련이라는 이름으로 쌓아올린 체력이 무색할 만큼 오랜 시간 동안 팔 벌려 뛰기를 하는 중이었다.

띠링—!

〔체력이 1 올랐습니다.〕
〔지구력이 1 올랐습니다.〕
〔특수 스텟, 근성이 1 올랐습니다.〕

그사이 나에겐 없던 특수 스텟까지 생겨나며 가혹한 훈련을 보조하기 시작했지만, 칸 녀석은 남을 괴롭히는 것이야말로 삶의 낙(실제로도 그렇지만)이라도 되는 양 지치지도 않고 끊임없이 굴리며 괴로워하는 날 보고 웃어 보이는 게 일상이 되어 있었다.

물론 이런 가혹하리만큼 단순 무식한 훈련 방식과 훈련량에 대해 칸에게 불만을 표하지 않은 것은 아니었다.

첫 며칠간은 내가 받는 훈련의 강도에 대해, 그리고 이 위험한 숲을 빠져나가는 방법을 가르친다고 하기엔 너무 단순 무식한 훈련 종목에 대해 몇 번이고 불만을 표했다.

뛰어난 지성체란 설정을 가진 엘프답게 칸은 이런 나의 모든 불만을 매번 진지하게 들어줬다.

하지만… 나의 불만 토로가 끝나고 나면, 그 끝에 있는 것은 언제나 보다 높은 강도의 훈련이었다.

불만은커녕 입을 열 수조차 없을 정도로 힘이 빠져야 진정한 극기에 도달해 최상의 효율이 나온다고 믿는 칸의 훈련 철학 앞에서 나의 불만은 훈련 강도의 상승이란 결론으로 이어졌다.

"잘했다! 휴식!"

"으으, 제기랄… 내가 게임하러 들어와서……."

"응? 방금 뭐라고?"

"예? 아뇨, 아무말도……."

"그런가."

그렇게 말하며 고개를 갸우뚱거리는 칸을 보며 작게 안도의 한숨을 내쉰 나는 방금 주어진 휴식 시간을 만끽하고자 적당한 바닥에 벌렁 드러누워 버렸다.

"휴식 끝! 기상!"

벌떡!

"뭐얏!"

방금 눕는 것을 빤히 보고도 그와 동시에 '휴식 끝'을 외치는 처사에 내가 불만 어린 소리를 지르자 칸이 눈을 빛내며 말했다.

"역시! 아직 소리를 지를 힘이 있었군. 조금 더 훈련을 늘리는 방향으로 가야겠어…….."

"크윽, 함정이라니…….."

안타까운 탄성을 내지르는 나의 모습을 보며 흥분, 그리고 무언가 기대에 찬 듯 달뜬 열망이 뒤섞인 칸의 시선을 느끼며 내 얼굴은 시커멓게 죽어 나갔다.

훈련 14일째.

나는 새로운 활로를 찾아냈다.

"오늘도 열심히 하세요."

훈련장으로 마련된 마을 공터의 한편.

지난 10여 일간 나의 고통 어린 신음만이 울려 퍼지던 이곳에 나를 응원하는, 부드럽고 달콤한 미성이 들려왔다.

"동생아, 여긴 오지 말라고 하지 않았느냐."

"어머, 얼마 전엔 정규 훈련 때에 코빼기도 안 비친다고 뭐라고 하더니?"

마을의 젊은 전사장으로서 그 누구도 함부로 대하는 이가 없는 칸에게 당당하게 말대꾸를 하는 이 달콤한 목소리의 정체는 칸의 여동생, 케아라였다.

사실 케아라는 이곳에 오는 유일한 여자 엘프로, 꽤나 자주 얼굴을 비추는 축에 속했다.

하루 대부분을 훈련장에서 보내는 칸을 위해(그리고 겸사겸사 내가 굶어 죽는 것을 방지하기 위해) 음식을 가져다주는 역할을 맡았는데, 나는 그때마다 칸으로부터 묘한 위화감을 느끼곤 했다.

물론 첫 일주일간은 너무 정신없이 지나간 탓에 그런 기색을 알아차리지 못했지만, 얼마 전의 일 덕분에 그 차이를 확실히 깨달을 수 있었다.

"후, 너는 할 일도 없는 게냐?"

"그런 거 없다는 건 오빠가 가장 잘 알면서 뭘 물어봐?"

당당하게 반문하는 케아라의 대답에 말문이 막힌 듯 진지한 표정의 칸은 작게 한숨 쉬며 여전히 진지한, 하지만 조금은 우울한 표정을 지으고 나에게 다가왔다.

그 일련의 과정을 확인한 나는 속으로 쾌재를 불렀다.

'후후, 저런 표정이라면… 오늘도 훈련은 쉽겠군.'

나와 단둘이 훈련할 때와 케아라가 있을 때의 결정적인 차이. 그것은 바로 표정과 분위기였다.

칸은 케아라의 앞에서 약간의 흥분에 빠진 듯한, 즐거워 보이는 표정을 절대로 짓지 않았다.

그것은 이곳 마을의 전사장으로서, 그리고 여동생 앞에 선 오빠로서 자신의 위치를 지키기 위한 칸의 본능적인 방어기제였으리라.

'만약 사흘 전에 케아라가 갑자기 찾아오지 않았다면 영영

모를 뻔했지.'

평소 아침, 점심, 저녁 삼시 세끼를 챙겨 들고 끼니때마다 찾아오던 케아라가 점심이 지난 무렵, 중요한 전달 사항을 가지고 갑자기 나타난 적이 있었다.

점심을 먹고 체력이 회복된 나를 상대로 약 두 시간여… 한창 절정에 올라 있던 칸은 케아라의 등장에 혼비백산하다가 한참 뒤에야 자신을 수습했다.

나는 그 모습에서 컴퓨터와 함께 은밀한 즐거움에 빠져 있는 사춘기 오빠 방에 덜컥 들어온 여동생을 본 방 주인의 모습을 떠올렸다.

물론 여동생이 없는 나로선 정확한 표현인지 알 수 없지만, 대충 그랬다는 것이다.

어쨌거나 그 모습을 통해 약간의 힌트를 얻은 나는 케아라가 찾아올 무렵의 칸을 관찰했고, 그 결과 확실한 결론을 도출해 낼 수 있었다.

'칸은 케아라에게 자신의 취미가 들키는 것을 꺼려하고 있다!'

누구에게나 비밀이란 것이 있기 마련이고, 친한 친구는 물론 가족에게도 숨기고 싶은 것들이 있기 마련이다. 그것이 자신의 은밀한 내면의 무언가와 관련된 것이라면 더더욱 그럴 것이다.

그리고 진성 변태의 기질을 가진 칸이 숨기고자 하는 그것은 나와 단둘이 있는 이 시간에 대한 것이었다.

물론 귀갑 묶기의 사례를 보면 칸 본인은 자신이 어떤 부류인지 자각하지도 못하는 듯했고, 나를 훈련시키는 동안 자신의 모습이 어떤지도 잘 모르는 듯싶지만, 스스로의 본능이 지닌 방어 기제는 케아라 앞에서 분명 작동하고 있는 것이 분명했다.

그렇게 나는 내가 이곳에서 살아남으려면 케아라가 필요하다는 것을 깨달을 수 있었고, 매 끼니때가 되면 찾아오는 케아라에게 시도 때도 없이 찝쩍거렸다.

뭐, 말이 찝쩍거렸다는 것이지, 인생에 여자와 별다른 연이 없던 내가 할 수 있던 건 꼬박꼬박 인사하고, 친근하게 다가가 온갖 쓸데없는 대화를 하는 것뿐이었지만.

그래도 나만큼이나 이성과의 접촉에 면역이 없던 케아라는 순진하게도 이틀 전부터 하루 대부분을 이곳에서 보내기 시작했다.

물론 그렇다고 한들 고난과 역경이 없던 것은 아니었다.

내가 있는 곳엔 필연적으로 칸이 있고, 내가 케아라에게 말을 걸 때마다 비수만큼이나 날카로운 시선이 내 등판에 꽂혀들며……

"꺄아아아악! 오지 마아앗!"

퍼질 대로 퍼진 잘못된 소문에 의해 많은 시련을 겪어야 했다.

하지만 그런 고생 끝에 찾아온 보상은 너무도 달콤했기에 나는 오늘도 힘을 낼 수 있었다.

'후후, 오늘도 죽상이군.'

칸의 표정은 단단한 전사의 기상을 보여주는 듯 진지하고 엄격함이 묻어나는 모습이지만, 얼굴과 달리 축 처진 어깨에서 실망과 불안, 그리고 아쉬움을 느낄 수 있었다.

보기에 따라서 꽤나 불쌍해 보이는 모습이지만, 그간 피해자의 입장이던 나로선 칸의 그런 모습이 고소할 수밖에 없었다.

어쨌거나 훈련 시간 내내 시종일관 엄격, 근엄, 진지한 표정을 짓던 칸은… 더 이상 훈련을 시키는 게 재미가 없어졌는지, 처음 삼 일가량을 하고 더 이상 하지 않던 단검 주워 오기를 시켰다.

"자, 잘 봐. 보이지? 가져와."

휙!

마치 마누라 등쌀에 못 이겨 애완견을 산책시키러 나온 아저씨마냥 대충대충 하는 기색으로 단검을 마을 밖으로 던져 버린 칸은 작게 한숨을 쉬며 케아라의 눈치를 살폈다.

세계수의 정상에서 뿌리까지 왕복하는 것이니만큼 케아라가 지루해하며 돌아가진 않을까 하는 일망의 기대를 담은 눈빛이었다.

그리고 그런 칸과 마찬가지로 나 역시 케아라의 눈치를 살폈다.

단검 주워 오기는 칸과 오래 떨어져 있는 덕분에 편한 훈련인 건 분명하지만, 케아라가 지루해하며 돌아가 버린다면 그 또한 곤란한 일이었기 때문이다.

두 남자의 긴장과 기대를 담은 시선을 받고 있다는 것을 아는지 모르는지, 세계수에 걸린 구름 사이로 사라져 가는 단검을 흥미롭게 쳐다보던 케아라는 단검이 안 보일 무렵이 되자 자리를 털고 일어났다.

그에 따라 칸의 얼굴에는 희색이 만연했고, 나의 얼굴은 절로 죽상이 되어버렸다.

하지만······.

뒤적뒤적.

펄럭!

자리에서 일어난 그녀는 오늘 이곳에 출근하며 가져온 보따리를 뒤적였고, 이내 그곳에서 튀어나오는 수많은 책들과, 그 책들을 가져와 펼치며 자리에 앉는 모습을 보여줌으로써 일순간 우리 둘의 표정을 반전시켰다.

물론······.

『엘프와 인간의 사랑. 그 아름다운 결실.』

『하프 엘프, 우리 아이 자신감 백서. 아이를 건강하게 키우는 방법.』

『인간 제국의 하프 엘프 복지 제도에 대하여.』

『인간 남편, 엘프 아내.』

······.

어쩐지 신경 쓰이는 제목을 가진 책들이라는 점에서 나를 거슬리게 하긴 했지만… 어쨌든 나로선 그다지 나쁘지 않은 상황이었다.

휙휙.

그렇게 칸은 죽상이 된 얼굴로 나더러 그만 가보라는 손짓을 했고, 나는 희희낙락한 표정으로 단검이 떨어졌을 법한 곳을 눈에 새겨두고자 고개를 쭉 뻗었다.

물론 빨리 단검을 찾아서 올라오기 위함이 아니라, 잘 기억해 뒀다가 지상에 도착하면 그 부근을 가장 마지막에 찾아볼 생각이었기 때문이다.

그렇게 단검의 위치까지 확인한 나는 여유 만만한 표정으로 마을 밖을 향해 걸음을 옮겼고, 그 무렵 케아라는 그제야 문득 떠올랐다는 듯 칸에게 통보했다.

"아, 맞다! 오빠, 나 내일부터 전사 연수 가는 거 알지? 반 년… 좀 넘게 걸릴 거야. 내가 없다고 밥 거르지 말고, 그동안 제로 씨 식사도 잘 챙겨줘."

척!

세상 그 어떤 것이 이보다 빠른 반응을 할 수 있을까.

케아라의 말이 끝나기 무섭게 칸은 기다렸다는 듯이 엄지손가락을 치켜세우며 믿음직한 오빠의 표정으로 말했다.

"걱정 마라!"

"그리고… 제로 씨, 훈련 도중에 힘들면… 꼭 힘들다고 말하세요. 우리 오빠는 융통성 없는 엘프이긴 하지만, 그렇다고 누굴 괴롭히는 걸 좋아하진 않으니까요. 그러니… 다치지 말고 기다리고 계세요."

그렇게 말하며 호호호, 웃는 케아라의 부드러운 시선은 나의 시커멓게 변한 안색조차 알아차리지 못할 만큼 핑크빛으로 물들어 있었다.

그리고 케아라의 말을 들은 칸은 다시 한 번 믿음직한 표정을 지으며 이번엔 내 어깨에 손을 얹고 말했다.

"걱정 마라, 동생아. 우리의 인간 손님은 털끝 하나 다치지 않을 테니. 그래, 오늘은 같이 단검을 주우러 가자고. 혹시 밑에 무서운 괴물이라도 있으면 위험하잖아?"

'아, 안 돼……!'

세계수를 기어 내려갔다 올라오는 훈련은 단련된 체력 탓에 조금 편해지긴 했지만, 사실 그 자체는 여전히 힘든 훈련 중에 하나였다. 다만, 칸이 곁에 없다는 게 마음을 편하게 해줄 뿐이었다.

그런데 그런 마지막 안식과도 같은 훈련에 따라오겠다니…….

머릿속엔 절로 도망쳐야 한다는 생각이 떠올랐고, 그 생각이 떠오를 무렵에 이미 나는 그의 손에서 벗어나기 위해 몸을 비틀고 있었다.

하지만…….

꾸우욱!

비틀비틀.

행여 놓칠세라 옴짝달싹 못할 만큼 어깨를 짓누르는 칸의 무지막지한 힘에 나의 하찮은 반항은 채 열 걸음도 가기 전에 진압당하고 말았다.

칸의 얼굴에는 승리자의 밝은 미소가, 내 얼굴 위로는 절망 어린 어둠이 내려앉았다.

그리고 이런 우리 둘의 아웅다웅, 투닥거리는 모습을 뒤에서 바라보던 케아라는 반짝 눈을 빛내며 중얼거렸다.

"후후후, 엘프와 인간… 정말 잘 어울린다니까."

'아니야!'

어쩐지 다른 의미가 내포된 듯한 케아라의 말이지만, 그런 건 나에게 중요치 않았다.

지금 나에게 있어 무엇보다 중요한 건…….

휘─휘익! 휘휘휘익~!

잔뜩 신이 나 휘파람을 부는 이 엘프의 존재였으니…….

그때, 나의 절망에 찬 시선을 느낀 듯 칸이 나를 돌아보며 말했다.

"앞으로도 잘 부탁해!"

그의 맑고 투명한, 악의라곤 한 점 느껴지지 않는 눈동자를 바라보며 이번에야말로 칸의 팔을 뿌리친 나는 달리고 또 달렸다.

이 숲에서 그의 마수를 벗어날 길은 없다는 것을 빤히 알지만… 그럼에도 나는 달렸다.

"으흐흐흐흐… 으히히힛!"

뒤편으로부터 빠르게 가까워지는 웃음소리에게서 조금이라도 떨어져 있기 위해서……

띠링—!

〔체력이 1 올랐습니다.〕
〔지구력이 1 올랐습니다.〕
〔특수 스텟, 근성이 1 올랐습니다.〕

그날… 그 어느 때보다 많은 스텟이 올랐다.

Chapter 7

마을을 떠나는 방법

훈련 28일째.

케아라가 정식 전사가 되기 위한 연수를 떠나고, 다시 훈련장에 홀로 남은 나에겐 그간의 앙갚음이라도 하듯 이전과는 차원이 다른 고강도 훈련이 주어졌다.

그리고 평소보다 이른 시간에 접속해 한산한 마을 한복판에 선 나는… 마침내 결심했다.

"그래… 튀자!"

불끈!

나는 버틸 만큼 버텼다고 생각했다.

게임을 하러 들어와서 중노동에 가까운 훈련과 진성 사디스트 엘프의 괴롭힘을 버티면서 재미도 뭣도 없는 노가다를 현실 시간으로 일주일째 하고 있으니, 그 누구도 나를 비난하지 못하리라.

페널티고 나발이고, 까짓것 엘프들이랑 영영 안 마주치면 될 일 아니던가.

게다가 일부 페널티는 케이안 숲 한정이니, 그냥 이쪽으로… 아니, 케이안 숲 방향으론 오줌조차 안 누면 될 일이었다.

실패하는 방법?

그 정도야 쉬웠다. 비록 실패 조건이 꽤 모호하긴 하지만, 그 냥 튀어서 영영 안 보이게 되면 칸도 실패를 인정하는 것 말고 다른 수가 있겠는가.

그것이 매번 접속 한계 시간까지 훈련을 받다 강제 종료를 당 해온 나의 결심이었다.

그리하여 오늘 나는 평소 연습 시간보다 이른 시간에 게임에 접속했다.

강제 접속 종료의 페널티로 잠시 접속을 못하게 되었지만, NPC들에겐 훈련 중 쓰러진 것으로 인식되니 덕분에 칸의 시선 에서 잠시 벗어나게 된 나에게 이런 좋은 기회는 없었다.

"대체 어디야?"

평소엔 훈련 때문에, 그리고 마을의 여자 엘프들 때문에 갈 수 없던 마을의 곳곳을 둘러보며 탈출 계획을 확인했다.

무슨 일이 있어도 이 마을을 벗어날 생각이긴 하지만, 최소한 전에 칸이 말한 인간 마을의 위치라도 알고 있어야 도망칠 방향을 정할 수 있을 테니 말이다.

하지만 이곳 케이안 엘프 마을은 세계수의 중턱에 숨겨진 형태로 형성된 탓인지, 그 어느 방향에서도 외부를 확인하기 힘들었다. 아마도 지도 같은 것들이 있으리라 생각되는 마을의 심처에는 엘프들이 상주했기에 함부로 접근할 수가 없었다.

결국 내가 할 수 있는 일은 마을에서 가장 높은 곳을 찾아 육안으로 방향을 어림짐작하는 수밖엔 없었다.

'가장… 높은 곳이라……'

문득 높은 곳을 찾아 고개를 돌리던 나의 시야에 저 멀리, 까마득한 높이에 위치한 세계수의 정상이 어렴풋이 들어왔다.

평소엔 구름이 걸쳐 있어 그 끝이 보이는 경우가 드물지만, 구름 한 점 없이 맑은 오늘의 날씨는 조난자를 유혹하는 신기루처럼 세계수의 높다란 정상을 살며시 보여주었다.

'역시 저기밖엔 없나……'

세계수의 중간에 위치한 이곳에선 아무것도 보이지 않지만, 장담컨대 하늘과 맞닿은 저곳, 세계수의 정상이라면 인간 마을을 찾을 수 있을 터였다.

하지만 문제는…….

'이 위로는 여러 몬스터가 있다는 건데…….'

칸에게 듣기로 케이안 엘프 마을이 세계수의 중간에 만들어진 이유는 위장을 위해서기도 하지만, 사실 정상에 가까이 다가

가면 갈수록 강력한 몬스터들이 무리를 이루고 있기 때문이라고 했다.

물론 칸은 엘프 전사들에겐 그 정도 몬스터들이야 문제없다는 듯 자신만만하게 말했지만, 정작 그곳에 서식하는 몬스터들에 대해 설명할 때는 고지대답게 대부분이 비행형이라 조심해야 한다고 나에게 신신당부를 했다.

뭐, 당시의 나로선 저 위에 올라갈 이유가 없다는 생각에 칸의 말을 흘려들었고, 그 때문에 저곳에 살고 있는 몬스터들이 얼마나 되는지, 어떤 종류가 있는지 거의 기억하지 못했다.

하지만 단 하나만큼은 정확히 기억하고 있다.

"저곳에는 불의 새가 있어!"

불의 새.

세계수 정상에 산다는 전설의 새이자 몬스터로, 흔히 우리가 알고 있는 불사조와 달리 영생이나 불사와는 거리가 멀었다.

그렇지만 그 가진바 힘은 드래곤에 필적한다는 괴물 중의 괴물이었다.

물론 고도의 지능을 통해 다양하고 강력한 마법을 펼치는 드래곤에 비하면 실제 전투력은 한참 떨어질 테지만, 불의 새가 내뿜는 불꽃은 레드 드래곤의 파이어 브레스에 견줄 만하고, 신체 능력도 작은 드래곤이라 불리기에 부족함이 없다는 평가였다.

그러나 앞서 말했다시피 불사조와 달리 불의 새는 드래곤에 비해 한참이나 짧은 수명 탓에 수십 년에 한 번씩 세대교체를 하는데, 그날이 되면 하늘은 온통 불로 뒤덮이고 세계수의 영향권 안에 살아가는 모든 몬스터들은 불의 새가 안겨주는 두려움에, 그리고 숲의 지배자에게 경의를 표하고자 불이 지속되는 며칠간은 활동을 하지 않는다고 했다.

그러다 세대교체가 끝나 며칠간 굶주린 몬스터들이 동시에 움직이기 시작했을 때, 숲 전체에 세대교체가 일어나게 된다.

이렇듯 장황한 설명을 통해 알게 된 불의 새에 대한 이야기는 굉장히 흥미로운 것이었으나, 기나긴 설명의 이유 역시 명백했다.

— 괜히 건드릴 생각 마라!

칸이 직접 그런 말을 한 것은 아니지만, 누가 뭐래도 분명 그런 의미를 담은 설명이었다. 숲의 지배자인 불의 새를 괜히 자극해서 좋을 것이 없으니 알아서 조심하란 의미였다.

그리고 나 역시 그런 괴물을 건드리고 싶은 마음은 들지 않았다.

물론 그런 굉장한 녀석이 있다는 것에 잠시 흥미가 생기긴 했지만, 그저 잘 알지 못하는 신비에 대한 호기심일 뿐, 애당초 정상 근처에도 가기 전에 다른 몬스터의 먹잇감이 될 게 뻔하니 그런 무모한 짓은 하고 싶은 마음이 없었다.

지금까지는 말이다.

'당장 내 코가 석 잔데!'

목표는 정상! 목적은 마을 찾기!

이미 사디스트 엘프로부터 게임 시간으로 한 달에 가까운 시간을 시달리며 정신적 한계에 봉착한 나였다.

이성적으로 생각하고 따지기엔 너무 멀리 온 상태였다.

물론 몬스터들에 대한 대비는 가설에 불과하지만 나름 믿는 바가 있었고, 만약 정상에 도달해도 불의 새를 건드리지만 않으면 될 일 아니냐는 안일한 생각이 머릿속 한편에 있기에 할 수 있는 생각이기도 했다.

"좋아, 올라가 볼까?"

턱!

몰래 마을을 벗어나 까마득히 먼 곳까지 이어진 넝쿨 사다리에 발을 걸친 나는 거침없이 정상을 향해 나아갔다.

물론 중간에라도 마을의 위치를 확인할 수 있다면 곧장 내려올 생각이었다.

애당초 나에겐 그다지 시간이 많지 않았으니 말이다.

'대충 예상해 볼 수 있는 시간은… 게임상으로 서너 시간 정도……'

내가 접속한 이 시간은 평소 칸이 마을의 전사들을 데리고 마을 밖 순찰을 나가는 시간으로, 조금 전 마을이 한적했던 이유도 그 탓이었다.

이 시간은 언제나 마을에 상주하는 칸으로부터 해방되는, 거의 유일한 순간이기에 시간대와 소요되는 시간을 정확히 기억하고 있었다.

이 시간 동안만큼은 어디에서 무엇을 하든 칸을 걱정할 필요가 없는 것이었다.

'하지만… 빠듯하군.'

칸이 돌아왔을 때 내가 마을에 없다면 이상하게 여길 터. 도망치기 전에 괜한 의심을 사지 않기 위해서라도 나는 시간 내에 마을에 돌아갈 필요성이 있었다.

'단검 주워 오기 훈련 때 측정한 마을까지 왕복 시간은 약 네 시간. 마을이 세계수의 중간에 위치한다는 걸 생각하면 단순히 정상에 올라갔다 오는 데까지의 시간은 충분하겠지만…….'

문제는 앞서 말한 몬스터들.

마을까지 올라오는 길은 몬스터가 없을 뿐 아니라 이미 수도 없이 오르내린 덕분에 노하우가 생겨 쉽게 오갈 수 있지만, 마을 위쪽은 난생처음 가볼 뿐 아니라 몬스터라는 위협이 존재하는 만큼 실제 시간이 얼마나 걸리게 될지 알 수 없었다.

'최고의 방법은 정상에 도달하기 전에 인간 마을이 있는 방향을 찾는 건데…….'

하지만 세계수는 엘프 마을이 있는 곳을 기점으로 정상까지 풍성한 나뭇잎이 자라나 있는 거대한 나무였기에, 만약 나뭇잎을 피해 멀리 보고 싶다면 어떻게든 최대한 올라가는 것이 가장 좋은 방법이었다.

'그래, 어떻게든 정상을 목표로 올라가 보자고. 기왕 이렇게 된 거, 진짜 정상을 목표로 하는 것도 괜찮겠지!'

불끈!

아직 시간도 넉넉하고, 만약 시간 내에 도착하지 못한다고 하더라도 한 가지 비책이 있으니 벌써부터 걱정을 하기엔 앞으로의 길이 멀었다.

그리고… 그로부터 한 시간이 지났을 무렵.

"…뭔가 이상한데?"

나는 여전히 끝이 보이지 않는 세계수를 올려다보며 주변을 살폈다.

휘이이잉—

휘리리릿!

주변으로 고지대 특유의 날카로운 바람이 불며 세계수에 찰싹 달라붙은 내 몸을 흔들어 댔지만, 문제는 그게 아니었다.

"……."

고요.

적막.

바람이 지나간 자리로 내려앉는, 아주 깊고도 무거운 그것들은 세계수를 기어오르기 전에 그토록 걱정했던 몬스터들과는 거리가 먼 단어들이었다.

물론 아직 거리가 한 시간 정도밖엔 떨어지지 않은 만큼 엘프 마을을 보호하는 어떤 특별한 작용이 있다고도 생각할 수 있겠지만, 지금 내 몸으로 느껴지는 직감과도 같은 감각은 이 상황이 굉장히 비상식적이며, 내 생각과는 다른 무언가가 있음을 알려주고 있었다.

하지만……

'이제 와 걱정하기엔 너무 멀리 왔지… 게다가 몬스터가 없다면 나야 좋은 거 아니겠어? 세계수가 던전이라는 가설은 입증하지 못했지만 말이야.'

사실 내 가설은 이러했다.

이곳 세계수 주변의 케이안 숲은 강력한 몬스터들이 수두룩한, 넓은 필드다. 그리고 이런 필드가 있는 곳에는 필연적으로 던전이 존재하기 마련이었다.

물론 그에 대해 칸에게 물어봤을 때 분명 케이안 숲에 던전이 없다고 들었지만, 애당초 신뢰도가 바닥이나 다름없는 칸의 말은 그리 믿음이 가지 않았다.

그보다는 세계수라는 거대한 상징물이 있는 숲을 단순히 지역을 연결하는 필드로 내버려 둘 리 없다는 아버지에 대한 믿음이 더욱 컸다.

그러던 와중 칸으로부터 불의 새에 대한 이야기를 듣게 되고, 세계수의 위로 갈수록 강력한 몬스터가 존재한다는 이야기를 듣고서 직감적으로 알아차릴 수 있었다.

이곳 세계수가… 이 세계수 전체가 바로 이 지역의 던전이라고.

나는 발견하지 못했지만, 분명 세계수의 내부를 통해 정상까지 이르는 길이 있을 것이고, 엘프 마을은 그런 던전의 중간 거점, 세이프티 포인트라는 게 바로 내 생각이었다.

물론 그렇다고 판단하기엔 중간 거점까지의 길이 너무 드러나 있다고도 생각되긴 하지만, 사실 내가 세계수를 타고 오르던 넝쿨 사다리는 얼핏 보기엔 자연적으로 생성된 나무줄기에 불과했다.

무엇보다도 만약 정상적인 사고를 가진 사람이자 이곳에 올 만한 실력을 가진 이라면 함부로 나무 넝쿨 타기에 도전하지는 않을 터였다.

나야 잃을 것도 없는 초보자인데다 목숨의 위협을 받는 상황이었으니 무작정 넝쿨을 타고 올라왔지만, 사실상 완전히 무방비가 되는 위험한 선택을 내리기에 유저들은 잃을 것이 많을 터였다.

'그러니 마을에 도착하면 엘프 비전을 알려주는 것이겠지.'

중력을 무시하고 나무에 수직으로 오를 수 있는, 특별한 힘을 부여하는 엘프 비전은 분명 이곳 세계수의 공략을 수월하게 만들기 위한 던전의 팁과도 같은 것이 분명했다.

그리고 내 생각대로 정말 이 세계수가 던전이 틀림없다면…….

— 공략 없는 던전은 없다!

리버스 라이프를 개발하며 항시 아버지가 입에 달고 살던 지론이었다.

그런 아버지의 성향을 생각하면 이곳 세계수라는 던전에도 공략 방법이 있을 터.

물론 지금 당장 세계수의 몬스터들을 상대할 수는 없을 테지만, 던전이라는 특수성을 생각하면 곳곳에 숨겨져 있을 안전지대들은 나에게도 충분한 도움이 될 수 있었다.

물론 그 안전지대가 내가 발견 못한 세계수의 내부에 형성되어 있느냐, 아니면 탑 형태의 던전인 세계수 외부에 테라스처럼 존재하느냐 하는 문제가 남아 있지만 말이다.

그리고 그때, 세계수의 외벽을 오르던 내 눈에 들어오는 것이 있었다.

"저건……!"

꽤 거리가 떨어져 있음에도 한눈에 보이는, 시커멓게 뚫린 세계수의 구멍.

그 주변에 세계수와 어울리지 않는, 작은 가지가 우거진 형태로 만들어진 평평한 지대는…….

'안전지대! 안전지대가 틀림없어!'

바로 세계수 내부와 외부가 연결된 중간 지점임이 틀림없었다.

'역시 내 생각이 틀리지 않았군.'

불의 새라는 강력한 보스 몬스터가 있는 이상 어떤 식이든 그곳까지 이르는 길이 있을 거라 생각한 나의 예상대로 이곳 세계수는 그 자체가 길이자 던전인 것이었다.

하지만 문제는 지금부터였다.

'쉬었다 갈까?'

안전지대를 확인한 이상, 나에겐 두 가지 길이 있었다.

지금처럼 세계수를 타고 오르는 외부의 길과 던전 구조로 되어 있을 세계수 내부의 길.

양쪽 모두 위험하기는 매한가지겠지만, 내부의 길을 통해 나아간다면 던전이 필연적으로 지니는 안전지대 시스템을 통해 조금 더 안전한 진행이 가능하리라.

하지만 만약 지금처럼 세계수의 외부를 타고 오른다면, 내부 구조에 영향을 받지 않는 만큼 몬스터가 없다는 가정하에 빠른 속도로 올라가는 게 가능했다.

특히나……

턱!

뺌빠바밤!

〔벽 타기 스킬이 '중급 Lv. 1'이 되었습니다!〕

〔벽 타기 속도가 25% 증가합니다.〕

〔벽 타기 사용 시 스태미나 소모 속도가 25% 감소합니다.〕

〔체력과 민첩성이 20 증가합니다.〕

"절묘한 타이밍이군."

칸의 훈련 목록 중 단검 주워 오기를 반복하다 생겨난, 벽 타기라는 패시브 스킬이었다. 그다지 대단한 효과가 있는 스킬은 아니지만, 주기적으로 몇 시간씩 수직의 나무를 오르는 나에겐 초급의 스킬만으로도 상당한 도움이 되었고, 나의 의지와는 상관없이 금방 최고 레벨을 찍은 벽 타기 스킬이 초급을 벗어나 중급에 도달했다.

만약 이 스킬 효과를 받으며 세계수를 오른다면, 아마 예정보다도 훨씬 빨리 목적지에 도착할 수 있을 터였다.

'물론 이 역시 외부에 몬스터가 없다는 가정하에서지만……'

여기까지 오는 한 시간 동안 몬스터를 만나지 못했다고는 하지만, 앞으로도 그러리라는 보장은 없었다. 특히나 세계수를 타고 오르는 동안은 피할 곳 없이 완벽하게 노출되는 만큼 몬스터들에게 무방비로 당할 수밖에 없었다.

때문에 나무 속이라곤 하지만 각종 구조물이나 안전지대가 있을 세계수의 내부에 비해 위험할 것은 분명한 사실.

처음 생각한 가설까지 입증된 이상, 안전한 길은 세계수의 내부에 있었다.

하지만……

'어쩐지… 꺼림칙하단 말이지.'

어째서일까, 나의 손은 쉽사리 던전 내부를 향해 뻗어지지 않았다.

마치 저 구멍 속에 굉장히 기분 나쁜 것이 있을 것처럼, 이상하게도 신뢰가 가지 않았다.

물론 미지의 세계에 대한 불안감이라고도 생각할 수 있겠지만, 지금 느껴지는 감각은 그런 것과는 궤를 달리하는, 근원을 알 수 없는 불길한 느낌이었다.

마치 구멍 안쪽으로부터 아주 기분 나쁜 숨결이 느껴지는 것 같다고나 할까?

이성적으로 생각한다면 저 길이야말로 안전한 길이 분명함에도 마음이 도저히 허락하지 않았다.

도저히 정의할 수 없는 불쾌감에 멍하니 매달려 있던 것도 잠시. 나는 이내 결단을 내렸다.

"뭐, 어떻게든 되겠지."

웃차―!

정상을 향해 쭉 뻗은 손에 단단한 나무껍질이 잡혔다.

나무를 오르는 이 순간에도 계속해서 '지금이라도⋯⋯' 하는 생각이 들 만큼 충동적이고 비이성적이지만, 나는 스스로에게 변명을 해가며 합리화시켰다.

'애당초 내 인생에서 머릿속으로 생각하던 계획이 잘된 경우도 별로 없잖아. 차라리 감에 맡기는 것도 한 방법이지.'

현실에서 직감, 운을 운운하며 그것에 모든 것을 맡긴다는 것은 인생 막장, 낭떠러지 끝에 선 사람들의 행동이었다.

생각을 하지 않는다는 것. 그것은 인간으로서의 죽음을 의미하는 개념이니 말이다.

하지만 지금 이곳이 어디인가, 그리고 나는 누구인가.

이 게임 속의 나는 진정한 막장, 더 이상 버틸 자신이 없어 죽을 것을 빤히 알면서도 멋대로 세계수를 오르는 인간이었다.

고된 생각은 오래하지 않는 것이 나 스스로에게 좋았다.

'뭐, 어차피 마음대로 할 생각으로 여기까지 온 거 아니었어? 던전 통로가 있다는 걸 알았으니, 이 길이 실패하거든 다음엔 저쪽으로 가지, 뭐.'

어차피 다음을 염두에 둔 도전이고, 난 여전히 잃을 게 없었다.

저쪽의 피곤한 현실에선 작은 것 하나까지도 계산하는 것이 당연하지만, 이곳에서는 그럴 필요가 없었다. 그냥 멋대로 해도 문제될 게 없는 것이다.

애당초 세계수에 오를 생각을 한 것도, 오르는 길을 정한 것도 모두 내 멋대로 생각한 일이었다. 이제 와 갑자기 계획과 달리 움직인다고 해서 그것으로 인해 달라지는 것은 없었다.

처음부터 끝까지 여전히 내 멋대로였으니 말이다.

"역시 남자는 스트레이트지!"

나는 조금 옆에 떨어진 던전의 중간 입구를 지나쳐 다시 한 번 세계수의 정상을 향해 손을 쭉 뻗어 나무껍질의 틈새를 잡고 수직에 가까운 나무를 엉금엉금 기어올랐다.

그렇게… 던전의 구멍이 멀어져 갔다.

빰빠바밤!

〔특수 스텟, '행운'이 생성되었습니다.〕
〔모든 특수 스텟의 성장 방법은 스텟의 이름과 관련이 있습니다.〕
〔상세 설명 : 행운이 당신과 당신의 주변을 보호합니다.〕

〔엘프 비전, '숲의 직감'이 발동하였습니다.〕
〔상세 설명 : 숲속에서 보다 날카로운 감각을 지닙니다.〕

"엥? 행운? 엘프 비전?"

숲의 직감이라는 엘프 비전이야 이곳 환경의 특수성 탓인지 가끔 이해할 수 없는 효과가 나타나는 경우가 종종 있는 것을 감안하면 딱히 관심 가는 바가 아니었다.

애당초 엘프 비전 자체가 직접 발동을 하기엔 필요한 마나가 너무 큰 탓에 한 번도 엘프 비전을 내 마음대로 써본 일이 없으니, 가끔 제멋대로 발동했다 사라지는 저런 알림은 이제 관심 밖이 된 지 오래였다.

그에 비해 행운 스텟은 조금 호기심이 생겼다.

얼마 전, 근성 스텟이 생겨났을 때와 같은 효과음으로 나타난 행운 스텟은 내가 아는 것과는 조금 차이가 있었다.

'운 스텟은 전직 후 자동으로 생성되는 스텟일 텐데… 행운이라……'

내가 아는 운 스텟은 공격이나 제작에 크리티컬 효과를 부과하는 스텟으로, 공격 시엔 높은 공격력을, 제작 시엔 좋은 결과물을 유도하는 수치였다.

그리고 이 스텟은 전직을 통해 효과를 얻을 수 있는 스킬들이 생기는 즉시 생겨나는 것이라 알고 있었다.

하지만 어째선지 지금 생겨난 행운 스텟은 공격이나 제작과 관련된 설명이 전혀 없이, 그저 나와 주변을 보호한다는 아주 간단한 설명밖엔 나와 있지 않았다.

아니, 애당초 이 스텟이 느닷없이 왜 생겨난 것인지도 알 수가 없었다.

'뭔가 이상한 게 생긴 것 같긴 하지만… 스텟이 많아서 나쁠 건 없으니까.'

무엇보다 저런 사소한 일에 신경 쓰기엔 여전히 가야 할 길이 많이 남아 있었다.

꾸욱!

나는 정상을 향해가는 손길에 힘을 더했다.

"하… 하하… 이거… 진짜야?"

우거진 세계수의 굵은 가지들 사이로 보이는 하늘이 마치 노을에 물든 것처럼 붉게 변했다.

이른 새벽녘에 출발한 탓에 처음에는 세계수 사이로 해가 떠오르는 것을 보고 있다고 생각했다.

하지만… 정상에 가까워질수록 느껴지는 강렬한 열기와 세계수의 싱그러움을 숨죽이게 만들고 속을 답답하게 하는 화기는 그것이 절대 햇살의 포근한 따스함이 아님을 알게 해주었다.

그러다 단순히 열기만으로 체력 수치가 떨어지는 것을 깨닫고 난 후에야 지금 무슨 일이 일어나고 있는 것인지 알 수가 있었다.

'가는 날이 장날이라더니… 설마 세대교체를 하다니…….'

세계수 위로 펼쳐진 하늘은 치열하게 싸움을 벌이고 있는 두 마리 불새의 날갯짓에 따라 출렁출렁 그 형태를 바꿔 나가고 있었다.

'어쩐지 몬스터가 하나도 없더라니!'

칸이 그토록 떠들어 대던 몬스터들이 코빼기도 보이지 않았을 때 눈치채야 했다.

끼이이이이에엑!

끼아아악!

하늘을 울리는 두 마리 새의 고함과도 같은 울음소리가 울려 퍼지자 불꽃의 동심원이 넓게 퍼져 나가며 환상적인 모습을 연출했다.

하지만 그것을 직접 보고, 듣고 있는 나에겐 그만한 고통이 없었다.

삐빅!

〔상태 이상 : 공포〕
〔상세 설명 : 움직임이 둔해집니다. 스킬의 자원 소모량이 증가합니다. 체력의 최대 수치가 줄어듭니다.〕
〔뜨거운 열기로 인해 체력이 줄어듭니다.〕

마치 잘 만들어진 영화의 한 장면을 보는 듯 환상적인 그림을 잠시 감상한 대가로 나는 체력의 절반이 뭉텅이로 날아가는 경험을 해야만 했다.

물론 여전히 초보자의 체력 회복 혜택을 받는 중이라 금세 차오르기는 했지만, 그것은 그다지 위안이 되지 못했다.

꿀꺽—

'어쩌지? 내려가야 하나?'

치열한 불새들의 싸움을 보건대, 금방 끝날 것 같지가 않았다. 하지만 그렇다고 이제 와 포기하고 내려가자니, 여기까지 올라온 노력이 아까웠다.

이제 세계수의 정상까지는 고작해야 몇 십 미터. 향상된 벽타기 스킬 탓에 단 십 초면 오를 수 있는 높이였다,

물론 당초 목적은 인간 마을이 위치한 방향을 찾는 것인 만큼 주변을 확인할 수만 있다면 굳이 정상까지 오를 필요는 없겠지만, 이 거대한 세계수의 높이를 최대한 활용하려면 정상에 오르는 것이 가장 좋았다.

하지만…….

"그래, 아무리 좋아도 목숨만큼 좋겠어? 죽어도 괜찮은 거랑 진짜 죽는 거랑은 차이가 있는 법이니까… 암, 그렇고말고."

불새의 존재를 확인하기 전까지만 해도 몬스터를 만나면 '까짓거 한 번 죽고 말지!'를 연신 외치며 올라왔지만, 어째선지 현실과는 동떨어진, 그야말로 가상임을 알려주는 가장 완벽한 존재와 마주치니 그런 용기가 순식간에 사그라들고 말았다.

저 시뻘겋게 달아오른 발톱과 불이 쏟아져 나오는 부리에 닿는다는 생각만으로도 몸을 가눌 수 없을 만큼 뜨거운 공포가 밀려왔다.

어쩌면 이곳 가상현실이 너무도 현실적으로 느껴져서 그러는 것일 수도, 혹은 불새가 두른 불에 대해 인간이 지닌 본능적인 방어기제일 수도 있었다.

이유야 어쨌든 지금의 나는 별로 불새에게 죽어주고 싶은 마음이 없었다.

'어쩌면 정말 상태 이상의 효과인지도 모르지.'

내면으로부터 스멀스멀 올라오는 공포의 책임 소재를 어떻게든 외부 요인으로 떠넘기고자 한 나지만, 그럴수록 입가의 쓴웃음만이 짙어질 뿐이었다.

어쨌든 위쪽으로 향하는 것을 포기한 나는 옆으로 튀어나온 커다란 가지를 따라 몸을 옮겼다.

이 거대하고도 굵은 가지는 8차선의 거대한 고속도로를 연상시킬 만큼 넓고 길어서, 우거진 세계수 나뭇잎 너머의 세상을 보고자 한다면 한참을 달려야 그 끝에 닿을 정도였다.

하지만 지금의 내게 그 끝을 향해 달려갈 만한 체력과 용기는 없었다.

그저 어떻게든 저 공포스런 존재들의 눈에 띄지 않고자 비틀비틀 도망치듯 세계수의 중심으로부터 멀어질 뿐이었다.

그렇게 얼마나 걸음을 옮겼을까.

세계수의 중심, 불새들의 싸움으로부터 꽤 멀어졌다고 생각되자 구부정하게 숙이고 있던 몸이 바로 서고, 그 넓은 가지 위에서 바들바들 균형을 잡는 게 고작이던 다리가 어느새 힘차게 걸음을 옮기고 있었다.

그리고…….

띠링!

〔상태 이상, 공포가 해제되었습니다.〕

"어?"

마음을 무겁게 짓누르던 두려움이 씻은 듯 사라지는 것을 느낄 수 있었다.

'설마… 지금 내가 이렇게 된 게 게임의 상태 이상 효과 때문이었단 말이야?'

정말 놀랍다고밖엔 표현할 수 없는 일이었다.

단순히 게임 속의 상태 이상 효과가 사람의 정신에 침투해 이토록 강렬한 공포를 자연스럽게 이끌어내다니…….

아까 내가 느낀 두려움이 게임의 효과라고 비웃음을 던지던 내 행동이 역으로 부끄러워졌다.

'젠장, 그러고 보니 처음 나뭇잎 틈새로 불의 새를 봤을 땐 무서운 게 아니라 신기하다고 느꼈지…….'

내가 두려움을 느끼기 시작한 건 확실히 녀석들의 피어에 상태 이상이 걸린 이후부터였다.

'일부러 몬스터의 날카로운 발톱이나 부리… 불 같은 것에 강렬한 이미지를 느끼도록 해놓은 건가?'

나는 치미는 부끄러움에 새삼 공포라는 상태 이상 효과에 대해 분석하며 보다 빠른 걸음으로 세계수 가지의 끝을 향해 걸어 나갔다.

만약 이곳에서 내가 목표한 지점을 발견할 수 있다면 다행이 겠지만, 만약 이쪽 방향에서 마을의 위치를 찾을 수 없다면 반대쪽 가지 끝까지 가야 하기 때문에 시간이 빠듯했다.

그리고 마침내 가지의 끝에 닿았다.

바스락!

세계수의 거대한 위용에 어울리는, 사람만 한 나뭇잎을 헤치고 나선 그곳.

이곳 숲에 들어와 처음으로 보는, 탁 트인 시야에 감탄도 잠시.

나는 한숨을 내쉴 수밖에 없었다.

이토록 높은 위치에서 저 넓은 지면을 내려다보고 있음에도 보이는 것이라곤··· 온통 초록의 광야뿐. 이 수많은 세계수의 가지 중 내가 뽑은 가지는 꽝이었던 것이다.

"젠장, 다시 돌아가야 하는 거야?"

그렇게 말하는 내 몸은 이미 지금껏 온 길을 되짚어가고 있었다.

나름 서두른다고 했지만, 세계수의 중심에서부터 가지 끝까지만 해도 거의 30분에 이르는 긴 여정이었다.

물론 공포에 의한 허약 효과로 시간이 오래 걸렸다곤 하지만, 다시 세계수 중심까지 갔다가 반대편의 가지 끝까지 가려면 아무리 적게 잡아도 30분 이상은 걸릴 터. 지금의 나에겐 그만한 시간이 없었다.

'이미 세계수에 오른 지 세 시간이 넘었어. 칸의 순찰 시간을 생각해 보면 가장 길던 때도 네 시간을 넘지 않았으니··· 어쩌면 이미 나를 찾고 있을지도 몰라······.'

그리고 아마 내가 이대로 늦게 도착한다면 칸은 자신을 기다리게 했다는 죄목으로 마음껏 자신의 욕구를 분출할 터였다.

그것에 당하는 게 싫어 세계수에 올랐는데, 오히려 세계수에 오른 탓에 칸에게 당해야 한다면 본말전도밖엔 되지 않았다.

'그렇다면······.'

두다다닷!

느릿느릿 걷던 처음과는 달리, 나뭇가지 위를 거침없이 달리는 내 시선은 이미 마음을 굳힌 듯 세계수의 어느 한 지점을 향해 있었다.

'이번에야말로⋯⋯.'

정상을 노려보는 두 눈에 힘이 들어갔다.

세상의 기둥이라 불리며, 하늘만큼이나 높고 산보다도 푸르른 세계수의 정상.

그 푸르른 잎사귀 사이로, 불쑥 작은 머리통 하나가 솟아올랐다.

부스럭!

빼꼼―

두리번두리번.

몸보다 더 큰 나뭇잎 잎사귀 사이에 몸을 감춘 채 미어캣처럼 주변을 살피던 나는 생각지 못한 방해물에 슬쩍 인상을 찌푸렸다.

'젠장, 그냥 세계수 정상일 거라고만 생각했는데, 정확히 정상 한가운데 둥지가 있을 줄이야⋯⋯.'

내가 머리를 내민 그곳.

그곳은 세계수의 정상이자 지금 내 머리 위에서 치열한 싸움을 벌이는 두 마리 불새가 태어났을 둥지의 바로 옆이었다.

"이래선 반대쪽이 보이지도 않잖아!"

세계수의 나뭇잎을 섬세하게 엮어서 만든 거대한 불새의 둥지는 '잭과 콩나무'라는 동화 속의 주인공이 된 기분을 느끼게 해줄 정도였다.

'가장 확실한 건 완전히 정상으로 올라가서 둥지의 반대편으로 이동하는 건데⋯⋯.'

물론 그 방법은 결과만큼이나 확실하게 죽음에 가까운 방법
이기도 했다.

'그렇다면 조금 시간은 걸리겠지만… 안전하게 밑으로 돌아
가는 게 좋겠지.'

칸의 훈련 시간까지는 여전히 빠듯하지만, 그래도 반대편 가
지로 가는 것보다는 확실히 시간을 단축한 참이었다.

둥지의 밑, 세계수의 작은 가지들 사이를 옮겨가며 움직여야
하니 조금 시간이 걸릴 테지만, 그 정도면 충분했다.

'하지만 이 방법도 아주 문제가 없는 건 아니란 말이
지…….'

아무래도 나뭇잎 밑에서 이리저리 움직이게 되는 만큼 거리
감이 떨어진다는 점도 있고, 무엇보다 이 둥지의 크기를 모르니
얼마나 가야 할지 알 수 없다는 점 역시 문제였다.

앞선 방법의 확정에 가까운 죽음에 비하면 큰 문제는 아니지
만, 충분히 귀찮은 정도는 되었다.

"어쩔 수 없지. 중간중간 머리를 내밀어서 위치를 확인하는
수밖에."

쏘옥!

결국 몸으로 해결하기로 결심한 나는 조금씩 전진해 나가며
위치를 확인하기로 했고, 그로부터 약 10분간 불새의 둥지에서
는 불쑥 튀어나오다 쏙 사라져 버리는 머리 하나를 볼 수 있었다.

불쑥!

쏘—옥!

불쑥!

쏘—옥…….

'뭐야, 이거? 생각보다 훨씬 크잖아?'

물론 둥지는 불새의 덩치에 걸맞게 굉장히 컸다.

하지만 시간상 충분히 반대편에 도착했어야 함에도 그러지 못한 이유는 지금 내가 있는 곳이 잎과 가지가 무성한 세계수 속이라는 데에 있었다.

작은 숲의 축소판과도 같은 세계수의 정상은 한 방향으로 움직이고 있음에도 방향감각을 상실하게 만드는 구조였고, 나로선 자꾸만 방향을 잃어버리는 탓에 방향을 확인하고자 자꾸 머리를 들 수밖에 없으니 결국 계속된 악순환의 반복이었다.

그리고 그 무렵, 하늘에선…….

끼에에에에엑!

수십 년에 걸쳐 드디어 자신의 할 일을 마친 한 마리 불새의 구슬픈 울음소리가 울려 퍼지고 있었다.

Chapter 8

날아오르라, 부울새여

쏘옥!

불쑥!

쏘옥!

불쑥…….

그 끝도 없어 보이는 행동을 얼마나 반복하고 있었을까.

도저히 끝이 보이지 않는 행위에 점차 지쳐 가고 있던 나는 방금 불쑥 머리를 내민 곳에서 시야 한가득 들어오는, 붉고 둥그런 물체를 발견할 수 있었다.

'후, 이젠 하다 하다 헛것이 보이기까지 하는 건가?'

처음엔 너무 지친 나머지 무언가 잘못 보았다고 생각했다.

하지만 몇 번의 나뭇잎 잠수 끝에 시야에서 사라지지 않는, 거대하고 붉은 형상을 보며 마침내 그게 불새의 둥지 속에 있는 어떤 구조물이라는 것을 깨달을 수 있었다.

"젠장, 갈 길이 구만 리인데, 이건 또 뭐야?"

조금 전, 이 구조물 밑에서 머리를 들고자 끙끙거리던 것을 생각하면 당장에라도 밀어버리고 싶지만, 현실적으로 그럴 힘은 없으니 그저 투덜거리며 때릴 뿐이었다.

하지만……

퍽!

쩌적!

"…쩌적?"

세계수를 오르는 사이, 내 몸에 무언가 신령한 힘이라도 깃든 것일까?

둥그런 붉은색 알 같은 것에 살포시 주먹을 얹었을 뿐인데, 그것이 굉장한 소리를 내며 깨져 나가기 시작했다.

'그런데… 알?'

나는 그제야 고개를 높이 들어 방금 내가 때린 것의 전체적인 윤곽을 확인했고, 그게 무언가의 알임을 깨달을 수 있었다.

'아니, 무언가는 무슨 무언가야! 불새의 둥지에서 발견했으니 불새의 알인 게 뻔하잖아!'

게다가 껍데기는 마치 대놓고 불새의 알임을 알려주기라도 하는 듯 온통 붉은빛으로 뒤덮여 있고, 둥지 군데군데 있는 불새의 깃털이 유달리 알 주변에 많이 떨어져 있었다.

'망했다.'

알 전체에 생겨나기 시작한 실금을 보며 나는 직감적으로 일이 잘못됐음을 느끼고 재빨리 자리에서 도망치고자 했지만……

스으윽—

"응? 뭐야? 왜 어두워져?"

구름의 높이와 비견될 만큼 높은 곳에 위치한 세계수임에도 그보다 높은 곳에서 생겨나는 구름은 있기 마련이라 그림자가 드리우는 것은 자연스러운 현상이었다.

하지만 문제는…….

'지금 하늘은 불바다가 아니었나?'

내가 기억하는 하늘은 두 불새의 싸움으로 인해 온통 불로 뒤덮여 있어 구름이 들어설 자리가 없다는 것이었다.

그 순간.

후우욱—

흠칫!

머리와 팔만 간신히 빠져나와 있는 몸을 단숨에 밀어내기라도 하듯, 열풍에 가까운 뜨겁고도 강렬한 숨결이 등 뒤로부터 느껴졌다.

'침착해. 머리 위에 불새들이 있으니 열풍이 부는 것은 지극히 당연한 거야. 몇 번 겪어봤잖아. 아마 지금 천천히 고개를 돌리면 그냥 하늘을 지나가는 느긋한 구름과 이 바람을 일으키는 불새들이 하늘을 노닐고 있을 거야. 별일 아닐 거라고!'

물론 방금 전의 열풍은 여태 세계수를 오르며 몇 번 느껴봤던 것과는 질적으로 다르다는 점과 불바다가 된 하늘에 구름이 생길 리가 없다는 것을 알고 있지만⋯ 나는 그렇게라도 나 자신을 다독여야만 했다.

안 그러면⋯ 정말로 내 뒤에 '그것'이 있다면⋯ 그건 너무 무서운 일 아니겠는가.

하지만⋯ 이대로 현실 부정만 하고 있을 수는 없었다.

나는 조금 전 떠올린 한적한 구름과 따뜻한 날갯짓을 하는 불새들의 모습을 기대하며 천천히 뒤편을 향해 고개를 돌렸고, 마침내 나에게 닥친 현실과 마주할 수 있었다.

"하하⋯ 안녕?"

끼익?

눈앞에 나타난 거대한 불새의 얼굴은 금방이라도 내 머리를 쏙 뽑아낼 만큼 가까이에 있었지만, 다행인지 불행인지 불새는 그다지 적대적인 태도가 아니었다.

아니⋯ 정확히는 적대감을 느낄 가치도 못 느끼고 있다고 할까?

마치 '이 조그만 무언가가 뭔 짓을 하고 있는 건지 관찰해 보자'라는 느낌의 시선이 내 몸을 짓눌렀다.

주춤—

"으음, 그러니까, 이게 말이지… 무슨 일이냐면……."

발밑 나뭇가지의 상황도 모른 채 본능에 몸을 맡기고 주춤주춤 뒷걸음질 치는 와중에도 알아들을 리 없는 변명을 해보려 필사적이던 나는 이내 물리적인 힘에 의해 멈춰 설 수밖에 없었다.

턱!

"턱?"

바로…….

쩌적!

"…어?"

쩌적! 쩌저저적!

모세가 홍해를 가를 때 이런 느낌이었을까?

한가운데서부터 시작된 커다란 균열이 그 거대한 알을 반으로 나누어가는 장엄한 광경에 나도, 불새도… 넋을 잃고 쳐다볼 수밖에 없었다.

…어쩌면 불새는 조금 다른 의미였을지도 모르지만.

어쨌든 나는 그 알의 틈바구니에서 튀어나온 조그마한(하지만 여전히 내 몸보다는 큰) 새를 보며 재빨리 머리를 굴렸다.

'어떡하지? 이대로 도망칠 수는 없는데…….'

직감적으로 이 순간이 지나면 내가 무슨 짓을 하더라도 뒤에 선 불새에게 죽임을 당할 거라는 것이 느껴졌다.

물론 죽음을 각오하고 올라오긴 했지만, 그렇다고 죽는 것을 바라는 것은 아니었다.

죽기 전에 무언가 발악이라도 해봐야만 했다.

게다가 원래 목적이던 마을 찾기는 제대로 해보지도 못하지 않았는가.

'일단 인질을 잡을까?'

지금 인질(人質)을 잡는다면, 정확히는 조질(鳥質)이 될 테지만… 어쨌든……

뒤에 선 어미라면 불가능할 테지만, 눈앞에 있는 갓 태어나 작고 연약한 새라면 충분히 잡고 휘두르는 게 가능할 듯싶었다.

그때.

반짝!

여태 껍질 부스러기 속에서 머리조차 제대로 가누지 못하던 새끼 불새가 눈을 뜨며 나와 눈을 맞췄다.

'크윽! 그런 순진무구한 눈으로 날 보지 마!'

이제부터 인질과 범인의 관계가 될 상황에서, 저 착하고 순수한 시선은 범인의 마음을 흔들고 있었다.

"에잇!"

끼이익?

나는 흔들리는 마음을 다잡고 재빨리 잎사귀 틈새에서 몸을 일으키며, 아직 점액질로 뒤덮인 새끼 불새의 목을 잡고 그 뒤에 올라탔다.

그러고는 불새를 향해 외쳤다.

"이 녀석의 목숨이 아깝다면 둥지에서 벗어나라!"

…끼에엑?

아, 못 알아듣나?

무언가 불새가 황당하다는 듯한 어조로 말하는 게 느껴졌지만, 나는 이에 굴하지 않고 다시금 외쳤다.

"이봐, 이게 얼마나 위험한 건 줄…… 아야! 뛰어다니지 마!"

꺅꺅! 꺄악!

나는 품속에서 칸과 훈련할 때 썼던, 날이라곤 전혀 없어 여러 개를 엮어 덤벨처럼 쓰는 것 외엔 아무 짝에도 쓸모없는 단검을 새끼 불새의 목에 갖다 댔다.

하지만 내가 등에 올라탄 게 무언가 즐거운 일이라도 되는 양 신나게 둥지 내부를 달리기 시작하는 새끼 불새의 행동에, 나는 녀석의 등에서 떨어지지 않기 위해 간신히 버틸 수밖에 없었다.

그리고 어미 불새는…….

"뭐, 뭐야! 그런 눈으로 보지 마!"

말조차 통하지 않는 미물임에도 지금의 상황이 이상하다는 사실을 깨달은 것일까?

불새의 시선은 마치 아버지가 내 컴퓨터의 비밀 폴더를 찾아낸 날, 나를 쳐다보던 것과 비슷했다.

굳이 그 감정을 표현하자면… 한심, 안쓰러움이랄까?

그런데 그때.

푸욱!

"으억?!"

끼야아악!!

열심히 뛰어다니던 새끼 불새의 발이 둥지의 어느 지점에서 쑤욱 빠지는가 싶더니, 이내 둥지 일부가 무너져 내리며 세계수의 잎사귀 사이로 빨려 들어가기 시작했다.

'젠장! 설마 그것들 때문에?'

나는 직감적으로 둥지의 균열이 내가 파놓은 구멍들 탓임을 깨달았지만, 순식간에 자유낙하를 시작한 나와 새끼 불새에게 도움이 되는 내용은 아니었다.

어미 불새의 놀란 눈망울이 우리가 떨어진 구멍 사이로 아련하게 멀어졌고, 허공엔 새끼 불새의 구슬픈 울음소리가 메아리쳤다.

끼이이이이익~!

그리고 나는…….

"여기까지 어떻게 왔는데에에에!!"

아직 이루지 못한 꿈으로부터 급속도로 멀어지는 이 상황에 대한 발악으로 여태껏 손에 쥐고 있던 단검을 온 힘을 다해 세계수에 찔러 넣었다.

콰작!

하지만… 몇 주간 나무를 타며 각종 근력 훈련으로 단련된 팔이라 한들, 한창 떨어지는 중이던 사람 몸을 지탱하기란 요원한 일이었다.

그것도 밑에 짐 덩이를 매달고 있다면 더더욱!

콰과과과과과과가가가각!!

"으아아아악! 이거 놔, 인마!"

흔들흔들!

끼에에에엑!

파닥파닥파닥파닥!

나는 어떻게든 살아보고자 다리에 매달린 녀석을 떨어뜨리려 흔들어 댔고, 녀석 역시 살기 위해 필사적으로 내 다리를 앙상한 발로 붙잡고 조그만 날개를 파닥거렸다.

'크윽! 젠장…… 여기서 이렇게 허무하게 죽어줄 수는…….'

"으어어어엎따아아아아아!"

휘적휘적!

나는 허공에서 상체를 요리조리 비틀며 세계수에서 뽑혀 나온 단검을 들고 칼춤을 추기 시작했다.

이게 무슨 의미가 있냐 하면… 아무 의미도 없었다.

휘익! 휙!

"으아아아! 우아아아악!"

지금 내가 하고 있는 이 허공에서의 칼질은 사실 엘프 비전상의 고급 기술로, 전에는 능력이 모자라 펼칠 수 없던 공중에서의 연속 동작이었다.

그리고 이제 와 이런 짓을 하는 이유는… 그냥 내가 아는 게 그것밖에 없어서라고 할 수 있겠다.

칸 녀석이 지난 몇 주간 내게 가르친 것이라곤 각종 스텟을 올리기 위한 몸의 한계를 실험하는 훈련뿐이고, 덕분에 초보자라기엔 너무나 괴랄한 스텟을 가지게 된 나였다. 게다가 그것을 통해 얻게 된 스킬이라곤 벽 타기와 전력 질주 등 지금으로선 아무짝에도 쓸모없는 스킬들뿐이었다.

알고 있는 게 그런 것뿐인 이상, 허공에서 할 수 있는 것이라곤 엘프 비전뿐이고, 무언가 0.00001%의 확률이라도 있을 법한 고급 스킬 역시도 엘프 비전뿐이기에 그냥 막무가내로 써보고 있는 중이었다.

휘적휘적.

"으어어억! 으어어어어어!"

끼에에엥! 빼에에에에엑!

…물론 필사적이기만 할 뿐, 남들에게 보여주기엔 여러모로 부끄러운 자태였지만 말이다.

하지만 하늘은 스스로 돕는 자를 돕는다 했던가.

허공에 열심히 칼질을 하던 내게 기적이 일어났다.

〔엘프 비전이 발동합니다.〕
〔숲에서 몸이 50% 가벼워집니다.〕
〔민첩성이 200 증가합니다.〕
〔체력이 100 증가합니다.〕
〔근력이 100 증가합니다.〕

〔엘프 비전, '나무 걷기'를 사용할 수 있습니다.〕

"어어어어억?! 어어엉?!"

눈앞에 정신없이 나타나는 시스템 메시지들 사이에서 나는 용케도 한 개의 단어를 발견할 수 있었다.

그건 바로 나무 걷기.

첫날 칸과 케아라를 만났을 때, 그들을 몸을 지탱해 주던, 신묘한 기술이었다.

…사실 그게 맞는지는 모르겠지만, 어감상 그거라고 생각되는 기술이었다.

"으어어어엉! 나무 걷기이이이이!"

카가가가가가… 찰싹!

처절한 나의 외침이 허공에 울려 퍼지고 내 몸이 마치 마술처럼 나무에 빨려 들어가는가 싶더니, 이내 중력의 가속도를 무시하고 나무에 찰싹 달라붙을 수 있었다.

"흐허억! 허어억! 죽는 줄 알았네!"

나무에 찰싹 붙어 속도를 줄이는 몸의 앞부분을 내가 볼 수 있었다면, 당장에라도 '아이고, 나 죽네!' 하며 바닥을 뒹굴었을 테지만, 다행인지 불행인지 지금 나는 나무에 붙어 있느라 내 앞면을 볼 수도, 바닥을 뒹굴 수도 없었다.

묵직!

"크으읍! 너 아직도 붙어 있었냐?"

끼이잉!

같이 떨어지는 동안에는 무게감이 거의 없어 느끼지 못하던 새끼 불새의 존재감이 나무에 매달리는 꼴이 되자 엄청난 부담으로 다가왔다.

그도 그럴 것이, 그 거대한 불새의 새끼였다.

갓 태어난 주제에 사람 한 명을 넉넉히 태우고도 뛰어다닐 만큼 대단한 힘과 덩치를 가진 녀석이기에, 사실 엘프 비전이 아니라면 내가 아무리 뛰어난 근력을 지니고 있다고 한들 지탱하기 힘들었을 것이다.

"그래… 네가 무슨 죄가 있겠냐……. 기왕 이렇게 됐으니, 일단 근처에 튼튼한 가지가 있으면……."

애처로운 눈망울로 올려다보며 여전히 그 앙상한 다리로 나를 붙잡고 늘어진 새끼 불새를 보며 나는 안착할 만한 가지를 찾아 주변을 두리번거렸다.

그때.

우르르르!

"어?"

와르르르르!

"어어?"

대체 이곳 어디에 저 많은 것들이 들어 있던 것일까?

나는 순식간에 하늘을 까맣게 메우는 비행 몬스터들의 군집을 보며 멍하니 입을 벌렸다.

'설마… 세대교체 의식이 끝나서 다 쏟아져 나온 건가?'

힐끗—

이곳 세계수의 아래쪽에선 풍성한 나뭇잎 탓에 시야가 확보되지 않아 하늘을 두르고 있던 불바다가 어떻게 되었는지 알 수 없지만, 세계수 던전의 입구라 추정되는 곳에서 새카맣게 쏟아져 나오는 몬스터들의 모습을 보건대, 분명 하늘에 퍼져 있던 불들이 자취를 감춘 게 분명했다.

"결국… 여기까진가."

기껏 그 고생을 해서 세계수 정상에 오르고, 불새와 대면하고, 자유낙하 운동에서 간신히 목숨을 부지했는데 이렇게 허무한 결말이라니… 너무도 아쉬웠다.

'젠장, 다음번에 다시 올라갈 수 있을까?'

실패를 잊고자 다음을 기약해 보지만, 사실 속으로는 이미 고개를 젓고 있었다.

하늘을 가득 메운 몬스터들의 모습을 보건대, 내가 이번에 정상에 오를 수 있던 것은 아주 특별한 경우였다. 몇 가지 우연이 겹쳐서 만들어낸 기적과도 같은 일이었다.

아마 내가 다음번에 다시 세계수의 정상에 오른다면, 그것은 앞으로 한참 뒤, 지금과는 달리 세계수 던전을 공략하는 정식 루트를 통해서일 것이다.

내가 아무리 강해진다고 한들, 나무에 매달려서 저 몬스터들과 싸운다는 것은 아무리 봐도 불가능해 보였으니 말이다.

"그나저나… 이제 어쩐다?"

나야 이제 그냥 죽고 부활하면 될 일이지만, 이렇게 마지막 순간에 이르러 보니 내 다리에 매달려 바들바들 떨고 있는 새끼 불새가 눈에 밟혔다.

하지만 그렇다고 한들 느닷없이 상황이 바뀌는 것이 아닌 다음에야 내가 해줄 수 있는 것이라곤 이렇게 엘프 비전으로 나무에 같이 매달려 있는 것이 전부였다.

"그래… 니가 무슨 죄가 있겠냐. 하필 내가 머릴 들어 올린 곳에 알로 있던 게 죄라면 죄지……."

어찌 보면 불가항력이었을 이 새의 짧은 삶에 애도를 표하며, 나는 최대한 엘프 비전을 유지하며 나무를 부여잡고 버텼다.

길지 않은 시간이고, 앞으로도 얼마 남지 않았겠지만, 이 갓 난쟁이한테 이런 세상이나마 조금이라도 더 보여주고 싶다는 생각이었다.

그리고 바로 그때, 상황이 바뀌었다.

끼에엑! 삐엑! 삐이익!

흔들흔들!

"야야, 흔들지 마! 떨어진다고! 뭐가 그렇게 신나서 흔들어 대는 거야?"

내 다리에 매달린 녀석이 어째선지 기분 좋아 보이는 울음소리와 함께 몸을 흔드는 것을 느끼며 다리를 오므려 녀석을 꽉 지탱하고 있을 때, 저 멀리에서부터 새로운 기적이 일어나는 게 보였다.

촤아아악!

아까 알이 깨졌을 때 내가 홍해를 가르는 모세의 기분을 말했던가.

그것은 분명 틀린 표현이었다.

왜냐하면…….

촤아아아아악!

진정 홍해를 가르는 기적은 이 모습과 비교되어야 했으니 말이다.

끼에에에에엑!

삐에에엑!

몬스터들의 바다를 가르며 날아오는 거대한 불의 동체.

시뻘건 불덩이로부터 들려오는 슬픈 울음소리에 내 다리에 매달린 녀석이 기쁘게 화답했다.

그러자 거대한 불덩이가 순식간에 내 곁으로 다가오는가 싶더니, 이내 내 다리에 매달린 녀석과 부리를 비비며 교감하기 시작했다.

비비적비비적!

끼에엑! 끼에엑!

삐익! 끼이익!

그 감동적인 모습에 이를 지켜보는 모든 몬스터들이 눈물을……

…이 아니라 왜 내 밑에서 이러는 거야?

새끼 불새는 여전히 내 다리에 꼭 매달린 상태.

그런 상태로 거대한 어미 불새의 부리가 내 다리 밑에서 왔다 갔다거리고 있으니, 뜨거운 열기 속에서도 아랫도리가 서늘해지는 기분이었다.

'어떡하지? 이만 놔도 되나?'

나는 두 마리 불새의 끝을 모르는 교감 행동 사이에서 고민하며 망설였다.

어차피 이대로 떨어진대도 어미 불새가 충분히 받을 수 있을 것 같아 보였고, 새끼 불새도 그걸 아는 것인지 내 다리를 붙잡고 있던 다리의 힘이 천천히 빠지는 것이 느껴졌기 때문이다.

하지만 그런 내 고민은 이어진 어미 불새의 행동이 단번에 종식시켜 주었다.

덥석!

삐에엑!

내 다리에 매달려 있던 새끼 불새를 덥석 부리로 물더니, 이내 높이 날아오르기 시작한 것이다.

새끼는 이때만 기다렸다는 듯 재빨리 내 다리를 놓았고, 이내 허전해진 내 다리로 어미 불새의 날개가 일으키는 뜨거운 열풍이 전해졌다.

삐익! 끼익! 삐삐익!

펄럭! 퍼얼럭!

새끼 불새는 그렇게 날아가는 자신의 모습이 신나는 듯 어쩐지 싱글벙글한 얼굴을 연상시키는 울음소리를 냈고, 그렇게 거체인 어미 불새의 몇 번의 날갯짓 속에 저 멀리 하늘로 사라져 갔다.

'후… 잘됐군.'

마치 옛 동화의 행복한 권선징악, 해피엔딩을 본 기분이랄까.

저 멀리 날아가 버린 불새들을 보며 나는 해방감과 동시에 가슴 가득 뿌듯함을 느꼈다.

그런 후, 기분 좋은 감각과 함께 밝은 얼굴로 주변을 둘러봤을 때.

멈칫.

나를 소름 돋게 만드는 사실이 있었다.

'권선징악의 엔딩이라면… 벌 받는 악인은… 누구지?'

나를 노려보는 수많은 몬스터들의 시선에 등 한가득 식은땀을 흘린 나는… 그래도 살아보고자 어기적어기적 천천히 세계수를 기어 내려가기 시작했고, 그런 내 모습을 찬찬히 바라보던 수많은 몬스터들은……

키아아야악!

키에에엑!

꾸이이익!

동시에 나를 향해 달려들기 시작했다.

"하, 아무리 나 때문에 불새가 여기까지 내려왔다곤 해도…

그래도 이건 아니지, 응? 너무한 거 아니냐?"

덮쳐 오는 몬스터들의 파도를 보며 자포자기한 목소리로 중얼거린 나는 이내 닥쳐올 죽음을 기다리며 눈을 꼭 감았다.

그러자 기다렸다는 듯 밝고 경쾌한 알림음이 귓전에 울려왔다.

띠리링!

〔불새의 축복을 받으셨습니다.〕
〔아무리 추운 곳이라도 추위를 느끼지 않습니다.〕
〔아무리 더운 곳이라도 더위를 느끼지 않습니다.〕
〔불 속성 친화도 500 증가.〕
〔화상 피해가 50% 경감됩니다.〕
〔세계수 아래에서 몬스터의 피해를 입지 않습니다.〕
〔새로운 칭호 — 불새의 구원자〕
〔새로운 칭호 — 불새의 친구〕

그와 동시에 꼭 감고 있는 내 시야에 거대한 불새의 영상이 떠올랐다.

처음 시작은 눈앞으로 쏟아지는, 작고 가느다란 불의 깃털들이었다.

불의 깃털들은 내 눈앞에서 바닥에 닿을 때까지 점차 커지더니, 이내 완전히 바닥에 내려앉자 거의 내 상체를 덮을 만큼 커다란 크기가 되어 순식간에 바닥에 쌓여 나갔다.

커다란 불새의 깃털은 금방이라도 내 몸을 태울 듯 이글거리는 모습들이지만, 어째선지 불에 닿은 내 몸은 조금의 열기도 느끼지 못했다. 아니, 오히려 포근하게 느껴졌다.

그리고 마침내 수북이 쌓인 깃털이 내 반신을 뒤덮을 만큼이 되자, 까맣던 배경 속에서 작은 불새가 나를 향해 날아오며 날갯짓했다.

그 불새 역시 깃털이 그런 것처럼 나에게 다가올수록 그 크기를 더해가다가 마침내 내 눈앞에 당도할 때는 조금 전 세계수 정상으로 솟아오른 어미 불새의 모습을 떠올릴 만큼 거대한 크기가 되었다.

그런 거대한 불새가 내 바로 앞에서 이글이글 타오르는 불꽃의 날개를 크게 활개 치기 시작했다.

푸화확!

날개의 움직임을 따라 불꽃의 잔영이 검은 배경 위를 수놓을 때, 날개로부터 시작된 열풍이 내 몸을 덮고 있던 불새의 깃털을 날려 보냈고, 돌풍에 휘말린 불새의 깃털들은 내 주변을 휘몰아치며 나를 중심으로 드높은 용권풍을 일으켰다.

그 모습을 가만히 지켜보던 거대한 불새는 고개를 저 하늘 높이 치켜올리며 위엄 넘치는 동작으로 커다란 불의 날개를 다시한 번 크게 펄럭였다.

그러자 내 몸을 감싸던 불의 깃털은 그에 동조라도 하듯, 중심에 선 나를 향해 용권풍의 폭을 조금씩 좁혀 나가며 이내 포근히 내 몸을 감싸 안았다.

몸을 가득 채우는 뜨듯한 충실감에 살포시 눈이 감겨왔다.

그리고… 꿈과 현실이 하나가 되었다.

반짝!

휙!

내가 눈뜨기를 기다리기라도 한 것일까?

반짝 뜨인 두 눈이 몰려오던 몬스터들을 향하자, 그들 모두가 질서정연하게 동체를 틀어 유턴을 하기 시작했다.

"…어랍쇼?"

감은 눈 사이로 보이던 신비로운 영상과 죽음의 알림이라고 하기엔 너무나 경쾌한 알림음에 반짝 눈을 뜬 나는, 그 기이한 현상에 주변을 두리번거리다 마침내 시야 한구석에 반짝이는 알람 표시를 확인할 수 있었다.

"불새의 축복?"

〔불새의 축복〕

세계수의 수호자이자 케이안 숲의 지배자인 전설의 불새는 작고 여린 인간이 베푼 친절과 희생을 잊지 않을 것입니다.

생소한 이름에 그 효과를 자세히 확인하던 나는 길게 나열되는 화려한 효과를 보며 떨리는 목소리로 중얼거렸다.

"후… 후후, 그래, 은혜를 입었으면 보답하는 게 인지상정이지… 후후후……."

나름 여유 있는 웃음소리를 내보지만, 그야말로 코앞에 다가왔던 죽음 탓인지 떨리는 목소리엔 여유가 없었다.

무엇보다…….

'만약 방금 전의 모든 일들이 사실 나 때문에 일어났다는 걸 알게 되면… 분명 죽을 거야. 아니, 지금 받은 축복과는 딱 반대되게 저주를 받겠지?'

사실상 이 동화의 악인 역할인 나로선 혹여나 정상으로 날아간 불새가 내 목소리를 듣고 비위가 상해 축복을 거둬가기라도 할까 봐 목소리를 크게 낼 수도 없었다.

그렇게 불새의 축복을 통해 조금 여유를 찾은 나지만, 이내 떠오른 또 다른 불안 요소에 절로 눈살을 찌푸릴 수밖에 없었다.

"결국 늦어버렸나……."

나는 게임 속 시간을 알리는 시스템 창을 확인하면서 지금쯤이면 칸이 한창 나를 찾고 있을 거라는 것을 깨닫고 눈살을 찌푸렸다.

물론 칸의 훈련이 죽음을 체험하는 것보다야 낫지만, 늦으면 늦을수록 훈련의 강도가 세질 터. 지금부터 세계수를 기어 내려가려면 상당한 시간이 걸릴 테니, 강도 높은 훈련은 피할 수가 없을 것이다.

'어쩔 수 없지… 아직 불완전하지만……'

스을쩍—

세계수에 찰싹 붙어 있던 몸을 슬금슬금 들어 올려 마치 예전 칸과 케아라가 그랬던 것처럼 세계수의 커다란 동체에 직각으로 섰다.

"우으윽, 균형 감각이 이상하긴 하지만……"

그래도 기어서 내려가는 것보다는 훨씬 빠를 것이다.

물론 이미 거의 늦은 마당에 얼마나 더 빨리 가든 간에 결과에는 큰 차이가 없을 듯싶지만, 개인적으로 엘프 비전의 나무를 걷는 기술에 대해 꽤 흥미가 있기에 실험을 겸한다는 생각도 있었다.

하지만… 그런 내 생각을 하늘의 누군가가 듣기라도 한 것일까?

나의 빠른 귀환을 돕는 알림음이 들려왔다.

삐빅!

〔마나가 부족합니다.〕
〔엘프 비전이 해제됩니다.〕

"…어?"

세계수에 직각으로 몸을 세우고 있던 나는 급속도로 아래를 향하는 몸과 멀어져 가는 세계수를 보며 작게 중얼거렸다.

"권선징악……."

그날, 세계수에는 흥분한 몬스터들의 괴성 너머로 한 인간의 기나긴 비명 한 줄기와 어째선지 신이 난 불새의 울음소리가 메아리쳤다.

"그래서… 몬스터들한테 쫓기다 그렇게 되었다고?"

"예… 예! 그렇고말고요!"

내 변명의 허술함을 느낀 것일까?

칸의 눈초리가 게슴츠레하게 변했다.

'하필… 부활하자마자 칸을 마주치다니…….'

조금 전, 나는 마나 관리도 안 하고 객기를 부린 대가로 리버스 라이프의 첫 죽음을 낙사로 깔끔하게 마무리 지을 수 있었다.

그리고 초보자의 혜택인 부활 페널티 무제한의 효과를 빌어 곧장 거점 부활을 시도했고, 그 결과 매일 로그아웃을 하던 엘프 마을의 내 거주지에서 부활하게 된 것이었다.

그리고 그곳엔…….

"그러니까… 네가 얼마나 강해졌는지 궁금해서… 세계수 아래에 내려갔다가 불새의 세대교체가 끝나고 튀어나온 몬스터들한테 그렇게 됐다고 말하는 거냐, 지금?"

나를 찾아 마을을 이 잡듯 뒤지고 다니던 칸이 있었다.

"예! 그렇다니까요? 헤헤헤……."

나름의 임기응변으로 그럴듯한 변명을 지어낸 나지만, 그게 얼마나 허술한 변명인지는 스스로도 잘 알고 있었다.

왜 아무 말도 없이 나간 것이며, 몬스터한테 당했다는 녀석의 옷이 왜 앞판만 저렇게 거창하게 찢어졌는가 하며… 수상한 점이 한두 가지가 아니었다.

나름 호감을 얻어보고자 실없는 웃음까지 지어 보이며 대꾸했지만, 그럴수록 칸의 눈초리는 더욱 날카로워질 뿐이었다.

그렇게 칸은 나를 노려보고, 난 칸을 향해 비굴한 시선을 보내길 몇 분여. 마침내 칸이 입을 열었다.

"뭐, 그렇다면 어쩔 수 없지. 훈련을 했으니 자신이 얼마나 강해졌는지 알고 싶어 하는 건 당연한 본능일 테니까."

"어… 더 안 물어봐?"

"뭐, 더 할 말이라도 있나? 그렇담 말해봐."

"아, 아니… 그런 건 아니고……."

"그럼 빨리 옷 갈아입고 훈련장으로 나와라. 오늘 벌어진 일에 대해선… 일단 대책을 세워놓을 테니. 그리고 시간이 지체됐으니, 오늘 훈련은 각오하는 게 좋을 거야."

어쩐지 꽤나 쉽게 수긍하는 칸을 보며 수상함을 느낀 나지만, 그래도 좋은 게 좋은 거라고 어떻게든 생각보다 쉽게 해결된 상황에 칸의 말은 생각해 보지도 않고 쫄래쫄래 칸을 따라나섰다.

그리고… 나는 칸의 말을 흘려들은 것을 훈련장에 나오자마자 후회하고 말았다.

휘릭! 촤악!

"그… 저기, 그 채찍은 왜……?"

"아까 들어보니 마나가 모자라 엘프 비전이 끊겨서 당한 거라며? 그렇다면 엘프 비전을 수련해야지."

말은 맞는 말이었다.

나는 분명 중간에 엘프 비전을 유지하는 마나가 끊겨 낙사했고, 떨어지는 동안 내내 엘프 비전을 발동시키려 발버둥을 쳤지만, 최소한의 발동 유지 조건도 되지 않는 마나 탓에 결국 죽고 말았으니까.

하지만…….

"엘프 비전에… 그 채찍은… 그러니까 편법(鞭法)은… 없는 걸로 아는데……."

"엘프 비전은 편의상 주로 사용되는 무기로 익히도록 되었을 뿐, 극성으로 수련하면 무엇으로든 펼칠 수 있게 되지."

아니, 그건 내가 직접 만든 설정이기도 하니까 아는데…….

'근데 왜 하필 채찍이냐고!'

휘리릭— 촤악!

평소 한 번 보지도 못했던 물건의 등장에 당황한 내가 허공을 가르는 채찍 소리에 몸을 떨며 어버버거리고 있을 때, 칸의 음흉한 목소리가 훈련장에 울려 퍼졌다.

"자아… 그렇게 서 있어도 이 채찍이 피해가지는 않는다고… 어디, 발버둥 쳐보시지! 우하하하핫!"

휘이익— 철썩!!

"으, 으아아악!"

'이 새끼! 방금 몸 쪽에 정통으로 날아왔어!'

"우흐흐흐… 피해? 그럼 이것도 피해보시지! 우히히히힛!"

"안마! 너 눈 돌아갔다고! 야!"

찰싹! 철썩!

"으히히히히힛!"

"우아아아악!"

허공을 찢어발기는 굉음 속의 처절한 내 목소리는 그 뒤로 한참이나 이어졌고… 오늘 결국 마을 위치 찾기를 못했다는 걸 깨달은 것은 로그아웃을 한 뒤의 일이었다.

Chapter 9

실드 메이든

"리스폰 정보."

〔부활 지점 : 케이안 엘프 거점 마을 (임시)〕

삑! 삑!
시스템 정보 창을 불러낸 나는 부활 지점을 정하는 칸의 목록을 확장해 봤지만, 내 부활 지점은 이곳 마을 외에는 선택이 되지 않았다.
'역시 안 되네.'
예상했던 바지만, 혹시나 하는 마음이 있었기에 조금 아쉬왔다.

지금의 나는 이 게임을 시작한 이래로 가본 지역이 이곳 케이안 숲과 그 안에 있는 이곳 엘프 거점 마을밖에 없는 상태인 탓에 선택할 수 있는 부활 지점은 안전이 확보되는 이곳 마을이 유일했다.

하지만 본래 이종족의 마을은 게임 시스템에 의해 타 종족이 함부로 부활 지점으로 사용할 수 없고, 삼고자 한다면 해당 마을 대표의 동의가 필요했다.

이는 각 종족, 마을별로 가진 고유한 기술과 아이템 등이 비정상적인 방법으로 유출되는 것을 막기 위한 게임의 고유 방책으로, 이른바 사망 무역 방지법이라는 별명의 시스템이었다.

캐릭터가 죽은 뒤 가장 가까운 안전 지점에서 자동으로 부활하는 시스템을 악용하여 지역을 건너다니며 비정상적인 플레이를 하는 것을 막는 시스템인 것이었다.

하지만 나처럼 애당초 게임을 시작한 이래 본인 종족의 마을에 가본 적이 없는 경우는 미처 산정하지 못했는지, 마을 대표인 촌장은 얼굴조차 보지 못한 나임에도 내 부활 지점은 이곳으로 되어 있었다.

'칸이 전사장이긴 하지만……'

마을에서 지내며 칸을 대하는 다른 엘프들의 태도에 전사장이란 위치가 굉장히 특별하다는 것을 알 수 있지만… 그뿐이었다.

전사장은 마을의 내외를 지키는 무력의 대표일 뿐, 마을의 내정을 살피고 관리하는 촌장과는 확실히 다른 위치였다.

그 말인즉슨…….

'내가 사망한 곳에서 일정 구역 안에 인간 마을이 있다면 그곳에서 자동으로 부활할 수 있다는 것이지!'

그리고 그것이야말로 내가 이 마을을 벗어나기 위한 최선의 수단이었다.

물론 그게 가능하기까지의 길은 결코 순탄치 않을 것이다.

어제 계획의 실패로 마을 위치를 알아내지도 못했기에 앞으로도 정말 수없이 죽어야 할 테고, 고난과 역경만이 기다리고 있을 것이다.

하지만… 나는 떠나고 싶었다.

더 이상 변태 엘프에게 훈련이라는 명목으로 합법적 조련을 당하며 사는 것은 지긋지긋했다.

내가 퀘스트를 수락했을 때, 재미있을 것 같아서… 재미있고 특별한 게 좋아서라고 했던가?

만약 과거로 갈 수 있는 타임머신이 존재한다면 당장에라도 그때로 돌아가 그렇게 중얼거리는 내 입을 꿰매 버리고 싶은 심정이었다.

세상에 특별해도 되는 것은 선택 받은 자들뿐이었다.

나같이 평범한 인간에겐 평범한 생활과 평범한 게임이 어울렸다.

'내 재능조차도 그렇게 말하고 있잖아!'

〔재능 1 — 노력가〕

노력을 뛰어넘는 재능은 없다. 이 세상의 특별한 사람은 모두 노력했고, 지금도 하고 있다.
특별해지고 싶다면 노력하라!

〔스킬 숙련 속도 7% 증가〕
〔스텟 상승 속도 13% 증가〕
〔재능 2 — 없음〕
〔재능 3 — 없음〕
⋯⋯.

나의 스테이터스 창에 떡하니 자리를 잡고 있는 재능의 이름, 노력가.

리버스 라이프에서 주어지는 수백, 수천 가지의 재능 중 가장 흔하며 그 범용성 덕분에 선호도가 높지만, 이게 1번으로 생성된 재능이라면 캐릭터를 새로 키우는 것이 낫다는 게 일반적인 평가였다.

그도 그럴 것이, 이곳 리버스 라이프에서 한 캐릭터가 가질 수 있는 재능의 수는 최대 다섯 개. 그리고 습득한 재능은 습득

순서에 따라 효과에 차등을 주는 시스템이 존재했다.

예를 들어 1순번에 습득한 재능의 기본 효과가 10이라면, 2순번의 재능은 8 또는 7 정도의 수치를 가지게 되는 식이기에, 사람들은 자신이 가지게 되는 재능의 종류와 순서에 상당히 민감했다.

물론 리버스 라이프의 게임 시스템상 좋은 재능을 마음대로 얻는 것은 불가능하지만, 유저의 행동을 기반으로 습득하는 방식이기에 유저들은 어느 정도 원하는 것에 가까운 재능이 생기도록 이끌어낼 수가 있었다.

만약 마법사를 지망하는 유저라면 마법 사용에 필수인 마나 친화력과 기억력 내지는 지능 향상을 위해 숲에서 명상을 하거나 독서를 하면 되고, 전사를 목표로 한다면 근력 단련을, 검사를 목표로 한다면 나뭇가지라도 주워서 휘두르고 있으면 그와 관련한 재능을 부여 받을 수 있다.

그렇게 보통 세 개 정도 자신의 직업에 어울리는 주요 재능을 얻으면 그 이후 자신을 보조하는 재능을 얻기 마련인데, 그런 중에 높은 선호를 받는 것 가운데 하나가 바로 노력과 관련한 재능이었다.

그리고 나는 그런 보조 재능을, 직업 선정에 있어 가장 중요한 첫 번째 재능으로 얻은 상태였다.

'이런 재능이 생긴 걸 보면… 재능 선정 시스템의 메커니즘도 대략적으로 알 수 있겠어.'

나에게 노력가란 재능이 생긴 것은 내가 엘프들의 비전을 어설프게나마 따라 했던 직후.

나의 예상은 단숨에 엘프 비전을 따라 한 기억력이나 재빠른 몸놀림을 가능케 한 민첩함 등의 요소였지만, 주어진 것은 노력이란 재능이다.

상식적으로 생각해 보면 내가 했던 행동과는 꽤나 거리가 먼 재능이라고 할 수 있었다.

하지만… 당시 나의 스텟을 떠올린다면 어느 정도 납득이 가는 결과이기도 했다.

'재능은 캐릭터에게 큰 변화, 즉 스테이터스상의 변화가 생겼을 때, 그 스텟과 그 이전까지의 행동을 기반으로 선정되는 방식이겠지.'

그렇기에 명상을 통해 마나의 양이 늘어난 유저가 마나 친화력의 재능을 얻고, 나뭇가지를 휘두르며 체력과 민첩성이 증가한 유저에게 검술과 관련한 재능이 생기는 것이리라.

그렇다면 재능이 생길 때의 나는 어땠을까.

'엘프 비전은 검, 창, 활, 봉, 맨손 박투가 모두 있는 종합 무술이라고 할 수 있으니까… 시스템은 나에게 어떤 재능을 부여해야 할지 몰랐던 거야.'

특히나 당시의 나는 비전 습득으로 인해 모든 스텟이 균등하게 올라갔던 상태. 굳이 따지자면 그전에 몇 번의 전력 질주 등으로 인해 체력과 민첩이 조금 더 높기는 했지만, 모든 스텟이 한 번에 44가 증가한 상태였던 만큼 큰 어필이 되지는 않은 것 같다.

초보자의 능력이 최대로 활용되어 재현한 엘프 비전에 대해 시스템은 결국 나에게 다섯 가지 무술의 '천재'라는 판단이 아니라 '노력가'라는 판단을 내렸다.

어떻게 보면 꽤 억울한 판정이긴 하지만, 시스템으로선 그게 최선이었을 것이다.

만약 유니크 재능인 천재성이 한 사람에게 다섯 가지나 몰린다면 게임 내의 밸런스에 문제가 생겼을 테니 말이다.

'그래도 뭐… 지금으로선 나쁘지 않긴 하지.'

노력가의 재능 효과는 빠른 습득. 특정 분야에 대해 압도적인 성장 속도를 갖는 천재성에 비하면 한참이나 모자라고, 직업에 특화되어 조합한 재능에 비해 효율이 떨어지는 재능이었다.

하지만 여전히 레벨 1에 직업 특화 스킬은커녕 사용하면 체력보다도 마나가 모자라 쓰러져 버리는 엘프 비전밖에 없는 나로선 애당초 무언가 한 가지에 특화된 재능은 어울리지 않았다.

오히려 칸이 시키고 있는 단순 무식한, 하지만 균형 있는 훈련들 덕분에 노력가 재능의 효과로 기본 스텟 수치가 쏠쏠하게 쌓이는 만큼 노력가는 분명 지금의 나에게 많은 도움이 되는 재능이었다.

하지만…….

'노력이라… 나한테 잘 어울리는 말이지.'

쓸쓰레한 웃음이 번지는 것은 막을 수 없었다.

죽도록 노력했음에도 완벽한 재능을 가진 한 사람의 발끝에도 미치지 못한 탓에 수많은 비웃음과 실망의 눈초리를 받아야만 했던 나다.

그런 나에게 노력가라는 재능이라니… 꽤나 달갑지 않은 운명적 만남이었다.

"이제 와 생각한다고 달라지는 게 있는 것도 아니긴 하지."

절레절레.

나는 지나간 과거의 일에 얽매이는 게 얼마나 자신을 깎아 먹는 일인지 잘 알고 있기에 우울함에 잠기려는 머리를 흔들어 깨우며 자리에서 일어났다.

'좋아, 이곳을 반드시 탈출하고… 나도 이 게임을 제대로 즐겨보겠어.'

그렇게 굳은 결심을 한 나는 오늘의 이 결심이 있게 한 계기, 어제 칸의 채찍에 그토록 고통을 겪고도 이토록 일찍 게임에 접속하게 만든 어느 방송의 한 장면을 떠올렸다.

'그 출렁이는 바다, 새하얀 모래사장… 햇빛에 반짝이는 새하얀 파도…….'

어제 '리버스 라이프, 가상현실의 도입과 우리의 미래'라는 주제로 특집 편성되었던 방송에 나온 장면은 충격적이었다.

청소년기라 불리는 나이에 일을 배우고 사회 공부를 하는 10대들과, 현실에 지친 많은 사람들이 휴식을 찾아 게임 속 휴양지에 몰려드는 현상.

본래부터 그런 용도로 제작된 듯한 해변에는 다양한 놀 거리와 가게들이 즐비해 있고, 수많은 피서객들을 볼 수 있었다.

특하나 게임 속 캐릭터답게 여러 가지 보정을 받아 아름다운 외모를 지닌 다양한 종족의 여성 캐릭터들은 나의 탈출 의지를 고조시킨, 가장 큰 원인이었다.

'누군 어디 붙어 있는지도 모를 무서운 숲에서 변태 엘프를 상대로 하루하루 지옥 같은 나날을 보내고 있는데… 밖에는 그런 천국 같은 곳이 있다니!'

사실 게임 시간으로 근 한 달간 반복된 훈련을 하면서 더 이상 재미를 느끼지 못하게 됐을 뿐 아니라, 큰맘 먹고 올라간 세계수에선 원하던 것과는 거리가 먼 결과물을 얻고, 어제는 정말 광기에 가까운 칸의 일면을 본 여파로 심각하게 게임을 접는 것에 대해 고민을 했다.

그러던 도중 어제의 그 뉴스를 보게 된 것이었다.

게임을 즐기자 해놓고 하루하루 고난과 역경의 길을 걷는 나에게 있어, 그 해변은 내가 있는 엘프 마을과는 정반대되는 지상 낙원이었다.

"그게 바로 게임을 즐기는 거지."

겨울이 없는 휴양지, 새하얀 백사장을 뛰노는 구릿빛 피부의 미녀들, 바다를 수놓는 형형색색의 비키니까지……. 그곳이야말로 게임의 종착지, 이 게임의 최종 목적이자 나의 지상 과제였다.

'반드시… 반드시 탈출해 주겠어!'

따지고 보면 딱히 엘프들이 나를 감금해 놓고 있는 것은 아니지만… 당장에 내 힘만으로 이 숲을 빠져나가는 게 불가능한 이상, 엘프 마을은 수용소나 다를 바 없었다.

'하지만 그건 빠져나가는 방법을 몰랐을 때의 얘기지.'

이미 어제 세계수에 오르기 전부터 생각하고 있던 방법이지만, 낙사하며 겪은 첫 번째 죽음을 통해 보다 확실해진 방법이 있었다.

'죽어서 부활하는 것으로 빠져나간다는 선택지를 발견한 이상, 여기에 더 머물러 있을 필요가 없지!'

그렇게 생각한 나는 신나는 걸음으로 세계수 옆에 자연스레 붙어 있는 넝쿨 사다리를 잡았다. 이미 가야 할 곳은 정해졌다. 비록 정확한 인간 마을의 위치는 찾지 못했지만 그래도 절반은 확인했으니, 그곳을 피해 나머지 방향을 쭉 찾아볼 생각이었다.

출렁출렁!

"으흐흥~ 으흠~"

신나는 마음을 대변하듯, 내 몸을 실은 넝쿨 사다리가 경쾌하게 출렁거렸다.

내가 넝쿨 사다리를 타고 엘프 마을에서 빠르게 멀어져 가던 그 시각.

쑤우욱!

"……."

엘프 마을 대탈주극을 벌이는 한 인간이 사라진 자리로부터 커다란 검은 인영이 솟아올랐다.

아니, 정확히 말해 커다란 것은 메고 있는 무언가뿐, 인영 본인은 굉장히 호리호리한 체격의 엘프였다.

"…어딜 가는 거지?"

남자인지 여자인지 구분이 안 갈 만큼 허스키한 보이스가 작게 울려 퍼졌다.

마을 입구에서 넝쿨 사다리의 출렁임을 가만히 바라보던 엘프는 이내 사다리의 움직임이 사라지자 얼굴을 가리고 있던 복면을 조금 끌어 올리며 중얼거렸다.

"…귀찮게 구는 인간이군."

슈르르륵.

날카로운 시선으로 인간이 사라진 지점을 바라보던 엘프의 모습이 그림자에 녹아들었다.

그 무렵, 글로리아 컴퍼니에선…….

"부장님."

"왜?"

끼이익—!

피곤한 표정으로 의자에 몸을 기댄 박중혁 부장이 자신을 부른 직원을 향해 무거운 몸을 돌리자, 그가 손에 들린 서류를 내보이며 말했다.

"어제 방송으로 해당 지역에 인파가 모이고 있습니다. 아직까진 예상 범위 내지만, 아무래도 주요 시간대에 메인으로 방송을 탄 파급 효과가 큰 탓인지 이대로라면 금방 과포화될 거라 예측됩니다."

샤락, 샤락.

건네받은 서류를 넘겨보던 박중혁 부장은 긴장하고 선 직원에게 서류철을 다시 돌려주며 시크하게 말했다.

"그럼 어쩔 수 없지. 왕명을 때리든 신탁을 내리든 해서 폐쇄시켜. 문의 들어오면 그냥 업데이트 준비 중이라든지… 추가 단장 중이라고 얼버무리고."

"예? 정말 그렇게 해도……."

"우리가 할 수 있는 건 그 정도가 최선이잖아. 게임이 오픈하고 어느 정도 지난 다음이라면 저 정도야 우습겠지만… 게임 오픈 초반인 지금 저렇게 많은 사람이 특정 지역에 모이는 건 좋은 현상이 아니야. 대부분 관광이나 휴양 목적으로 오는 것일 테니 많은 골드를 소모할 테고, 저렇게 급작스럽게 재화가 유입되는 건 좋지 못해. 최소한 상인 유저들의 레벨이 상단을 꾸릴 정도가 되고 돈의 유통로가 더 늘어나거든 재오픈을 하라고."

"그렇다면 예상 시간은 어느 정도로……."

"글쎄, 지금 상인 유저 대부분이 보따리상인 수준이니… 이 중에 끝까지 상인을 할 유저를 반 정도로 본다면… 한 반년 정도 걸리겠군."

"그렇다면 그 지역 NPC들은 역시 다른 지역으로 보내는 게 좋겠군요."

"그렇지. 게임 시간으로 일 년하고도 반은 더 수입이 없을 테니."

"그럼 그렇게 진행하도록 하겠습니다."

그렇게 넓게 보는 안목으로 이 게임의 미래를 위한 합리적인 결정을 내린 박중혁 부장에 의해 지옥 밖에 있을 파라다이스를 향한 한 남자의 꿈은 근처에도 가보기 전에 무참히 박살 나버리고 말았다.

자연이 만들어낸 모자이크.

숲의 나무 사이로 쏟아지는 어스름한 빛을 받으며 탈출행에 나선 나는 시원한 숲의 공기를 마시며 한 방향으로 쭉 걸어가고 있었다.

"흐음~ 평화롭군."

흉포한 괴물들이 득실거린다던 설명과 달리 길을 걷는 내내

단 하나의 몬스터도 마주치지 못한 나는 꽤나 긴장이 풀어진 상태였다.

걸어서 온 만큼 세계수로부터 그다지 멀리 떨어지진 못했겠지만, 엘프 마을을 벗어나 자유롭게 숲을 거닐며 인간 마을을 향해 가고 있다는 것만으로도 나의 마음에 평온을 주기에는 충분했다.

'게다가 걱정했던 몬스터들도 없고 말이지.'

게임 첫날, 시작한 지 얼마 안 되어서부터 거대 토끼에게 죽도록 쫓겨 다녔던 만큼 당시 나의 구명줄이었던 세계수가 빽빽한 나무에 가려 잘 안 보이기 시작하자 꽤나 불안감을 느꼈지만, 벌써 몇 시간째 코빼기도 보이지 않는 몬스터 덕분에 지금에 와선 거의 소풍이라도 나온 듯 들뜬 기분이다.

"후후, 해변에 가면 뭘 먼저 해야 하나?"

물론 무일푼 알거지인 레벨 1 초보자가 파도가 넘실거리는 휴양지에 간다면 딱히 할 수 있는 게 별로 없을 테지만, 고된 노동을 하더라도 해변에 누워 선탠을 즐기는 여성 유저들을 볼 수만 있다면 그것만으로도 기대가 되는 부분이었다.

'후후, 바다 생각을 해서 그런가 벌써부터 바다 내음이 느껴지는 기분이네.'

조용히 눈을 감고 앞으로 걸어 나가자 상큼한 숲의 공기 사이로 느껴지는 짜고 비릿한 바다 특유의 냄새가 코끝을 간질이며 벌써 나를 따뜻한 햇볕이 내리쬐는 바다 한복판으로 데려다 놓았다.

흐으읍!

"그래, 이 냄새지. 이 물비린내… 그리고 이 뜨거운 햇살!"

나는 자연이 주는 풍부한 감각에 실컷 숨을 들이쉬고 햇빛의 감촉을 즐기며 느긋하게 걸어가다가 문득 이상함을 느꼈다.

'근데… 나 분명 숲에 있는 거 아니었던가?'

물론 해변의 모습을 상상하면서 숨을 쉬던 탓에 숲의 공기에 얼핏 바다의 향기를 느낀 듯한 착각을 하기도 했지만… 그건 어디까지나 착각이었다.

분명 조금 전까지 숨을 들이쉬면 청명한 숲의 공기가 폐부를 적시고 맑은 공기는 가슴을 빠져나가며 고민과 불안으로 가득하던 가슴에 호연지기를 불어넣어 주었다.

하지만… 어째선지 지금은 조금 달랐다.

눈을 감고는 있지만 발에 느껴지는 것은 여전히 숲속의 촉촉한 흙과 풀들일진대 내 코에 들어오는 공기엔 짙은 물비린내가 녹아 있고, 빽빽한 나무에 가려 은은한 빛으로 숲을 밝히고 있어야 할 햇볕은 뜨겁게 내 몸을 내리쬐고 있었다.

지글지글.

아니, 단순히 뜨겁다기보단… 그냥 아프다고 해야 할까?

문득 머릿속으로 어제 불새로부터 받은 축복을 떠올렸다.

그런 후, 단순한 날씨 변화에 의한 열기는 느끼지 못한다는 것을 깨달은 나는 그렇다면 지금 이 열기는 무엇에 기인한 것인지에 대해 천천히 생각했다.

뜨듯한 햇볕을 쬐는 정도를 넘어서는 뜨거운 열기와 꼭 감은 두 눈의 눈꺼풀을 넘어 안구로 파고드는 새하얀 백광에 식은땀을 흘리던 나는 두 가지 선택지를 두고 고민했다.

이대로 뒤도 안 돌아보고 곧장 세계수 방향으로 되돌아갈 것인가, 아니면 일단 눈을 뜨고 내 앞에 있을 '무언가'의 정체를 확인한 뒤에 내가 생각하는 것이 맞다면 앞선 방법대로 도망갈 것인가.

전자도, 후자도 같은 내용으로 보이지만, 두 가지 선택지는 결정적인 차이를 가지고 있었다.

만약 눈앞에 있는 것이 내가 생각하는 종류의 것이라면 눈을 뜨고 파악해서 결정을 내려 돌아서 도망치는 데까지 시간이 걸리는 데 반해, 앞선 방법은 두 번째 선택지가 가지는 몇 가지 과정을 단숨에 줄여냄으로써 조금 더 생존율을 높일 수 있는 방법에 해당했다.

'하지만… 이대로 보지도 않고 그냥 도망간다면… 대장부가 아니지.'

무엇보다 앞에 있는 게 무엇인지도 모르고 도망치는 건 자존심이 상할뿐더러 혹시 의외로 별것 아닌 게 있어서 충분히 지나갈 수 있는 것이라면 괜히 쪽팔린 짓은 하지 않아도 될 터였다.

슬쩍—

아, 괜히 봤다.

생각이 끝남과 동시에 살짝 눈을 떠 앞을 본 나는 그런 결정을 내린 것에 대해 곧장 후회하며 도로 눈을 감았지만… 그렇다고 한들 현실이 바뀌지는 않았다.

'와, 씨, 망했네. 어떻게 숲 한복판에 조개가 있담.'

슬쩍 눈을 떴을 때 내가 본 것은 우리가 흔히 바닷가에서 많이 볼 수 있는 조개였다.

약간의 불규칙적인 타원형에, 양옆으로 살짝 벌어진 껍데기 사이로 혀처럼 살짝 늘어진 관자가 탐스럽게 보이는 조개.

만약 특이하게도 관자의 끝에 돋아난 정체 모를 뿔과 거기서 쏟아져 나오는 이글거리는 새하얀 불꽃, 그리고 괴물 토끼를 연상케 할 만큼 거대한 크기만 아니라면, 아마도 그저 숲 한복판에 있는 조개를 신기해하며 지나쳤을 것이다.

'하지만 이건 확실히 무리군.'

눈을 감고 있음에도 여전히 눈앞에 아른거리는 괴물 조개의 위용을 떠올리며, 그래도 조개니까 토끼 때처럼 무시무시한 속도로 쫓아오진 못할 것이라는 위안 아닌 위안을 하며 다시금 슬쩍 뜬 눈을 재빨리 다시 감았다.

'와, 나, 어떤 인간이 디자인한 거야, 저 조개는?'

물론 숲속에 있는 이 상황을 보면 저 조개도 무언가 자신의 몸을 움직일 수 있는 수단이 있으리란 것 정도는 예상할 수 있지만… 설마하니 그 거대한 몸집을 튼튼히 받치는 굵은 다리가 네 개나 달려 있을 거라곤 생각 못했다.

결국 나는 쓸데없는 곳에서 창의력을 발휘한 몬스터 디자이너에게 속으로 욕을 할 수밖에 없었다.

그래도 다행인지 불행인지, 조용한 것으로 보아 전혀 움직이는 기색이 느껴지지 않는 괴물 조개의 기척에 작게 한숨을 쉬며 도망갈 길을 찾고자 세 번째로 눈을 떴다.

"……."

이 조개… 조금 가까워진 거 같은데?

정확히는 조금 '더' 라는 말이 어울렸다.

마치 옛날 고전 영화 속의 얼굴을 보지 않으면 달려드는 석상처럼 내가 눈을 감았다 뜰 때마다 조금씩 나에게 가까워지고 있었으니 말이다.

'그럼 내가 이 녀석을 보면서 도망친다면?'

혹시 그렇다면 괜찮지 않을까 하는 막연한 기대를 품고 이번엔 눈 한 번 깜짝하지 않고 조개를 정면으로 응시하며 슬며시 뒷걸음질을 쳤다.

그러자…….

사박사박—

스르륵.

사박사박—

스르륵.

사박사박사박사박사박사박—

스르륵스르륵스르륵스르륵.

"……."

어째서일까?

저렇게 크고 강인한 다리를 지니고도, 저렇게 큰 몸뚱이를 가지고도 움직이는 데 있어 소리가 거의 나지 않는 이유는.

그리고 내가 움직이는 거리에 맞춰 일정 비율로 조금씩 가까워지는 이유는.

스르륵!

아! 움직였다.

다행인지 불행인지, 나의 발걸음에 맞춰 움직이는 것은 아니라는 듯, 저 혼자 움직이며 한층 나에게 가까워진 괴물 조개를 보면서 나는 씨익, 웃어 보였다.

'오늘은 여기까진가 보네.'

어차피 하루 만에 이 숲을 돌파할 수 있으리라곤 생각한 적 없었다.

물론 첫날 탈출기의 마지막이 조개에 의한 사망일 거라고도 생각해 본 적은 없지만… 어쨌든 나는 이 탈출을 꽤나 길게 보았다.

어차피 내 몸뚱이야 잃을 것 하나 없는 초보자. 죽어도 곧장 리스폰 지역에서 부활하는 유저의 몸이다.

나는 이 몸을 적극 이용하여 1레벨 초보자도 갈 수 있는 길을 찾을 생각이고, 인간 마을까지의 진행 방향에 있는 몬스터들의 배치 등을 숙지하여 그곳을 피해서 나아가는 방식으로 이 케이안 숲을 공략할 계획이었다.

물론 이 방법으로 숲을 빠져나가는 건 시간이 얼마나 걸릴지 미지수긴 하지만, 지금 내가 칸에게 받는 훈련으로 스텟을 쌓고 강해져서 나간다는 것보다는 훨씬 쉽고 빠른 방법임이 분명했다.

'게임 시간으로 약 두 시간… 세계수로부터 두 시간 거리에 괴물 조개라… 기억해 둬야겠다.'

지도를 가지고 와 표시했다면 더 좋았을 테지만, 지도 역시 아이템이라 혹여 운이 없다면 죽어서 분실할 수도 있으니 일부러 들고 오지 않은 상태였다.

'뭐, 설령 들고 왔다고 해도 지도 하나를 지키자고 죽자 살자 도망치고 싶지도 않지만…….'

애당초 엘프 마을에서 본 숲의 지도는 표시된 내용이 거의 없었다.

이곳 케이안 숲은 드래곤의 심심풀이 마법에 의해 만들어졌다는 설정 탓인지 매 시간 조금씩 숲의 형태가 바뀌기에 세계수의 그늘을 벗어나면 지형을 나타낸 지도는 아무 쓸모가 없다는 게 칸의 설명이었다.

다만, 언제나 숲의 중심에 있기에 세계수를 기준으로 목적지의 방향만 알고 있다면 길을 찾아가는 것이 가능했고, 또한 바뀌는 건 숲의 모양일 뿐, 몬스터의 배치가 바뀌는 것이 아니기에 몬스터의 등장 위치를 기억하는 것은 꽤 유효한 방법이었다.

어쨌거나 그렇게 머릿속으로 나만의 지도를 갱신하며 곧 있을 죽음을 기다리고 있노라니, 어째선지 조개가 다가오는 게 더디게만 느껴졌다.

어차피 죽어야 하는 거 빨리 죽고 끝낸다면 좋으련만… 나는 어째선지 아까부터 거의 움직이지 않는 괴물 조개를 보며 눈살을 찌푸리려다가 이내 이전과 다름을 느꼈다.

'응? 저 녀석… 뭔가 움직이지 못하고 있다는 느낌인데?'

부들부들.

단순히 자신의 의지로 다가오지 않는 게 아닌, 무언가 외부의 힘으로 인해 움직이지 않는 느낌이었다.

직감적으로 무언가 있음을 느낀 내가 긴장된 표정으로 주변을 둘러보려 할 때였다.

"인간, 산책이라면 너무 멀리 나왔다. 이만 돌아가라."

"으어억?!"

대체 어디서 튀어나온 걸까?

바로 등 뒤에서부터 들려온 약간 허스키한 목소리에 혼비백산한 내가 반사적으로 목소리의 반대 방향으로 뛰기 시작하자, 허스키 목소리의 주인공은 당황한 듯 외쳤다.

"자, 잠깐! 돌아와! 내 능력으론 자이언트 쉘의 다리를 멈추는 게 한계야! 녀석의 관자는 엄청 멀리까지 늘어난다구!"

'자이언트 쉘? 그게 나랑 대치하고 있던 조개의 이름인가 보군.'

상대가 적이 아님을 깨달은 나지만, 이미 정체불명의 조력자보다 자이언트 쉘에게 더 가까워진 나였다.

　그 순간, 뒤편에서 조력자가 경고한 자이언트 쉘의 관자가 공격해 오는 소리가 들렸다.

　퓨슈슈슛!

　"으아악!"

　"쳇!"

　스르르륵!

　위기에 처한 나를 보며 가볍게 혀를 찬 조력자의 모습이 땅으로 꺼지듯 나무 그림자 속으로 사라지는가 싶더니… 이내 내 앞에서 불쑥 튀어나왔다.

　쑤우욱!

　"우와악!"

　"비명 좀 그만 질러!"

　처음의 허스키한 보이스와는 조금 다른, 뾰족한 호통 소리에 찔끔한 나는 이내 조력자의 등에 묶여 있던 커다란 무언가가 튀어나오며 자이언트 쉘의 관자를 막아서는 것을 볼 수 있었다.

　쾅!

　"바, 방패?"

　"윽! 생각보다 강하잖아?"

　양손으로 든 방패가 관자와 부딪치자 크게 밀려나며 뒤로 젖혀졌다.

그 순간, 조력자가 묘기를 부리듯 허공에서 크게 공중제비를 돌더니, 그 커다란 방패를 똑바로 세우며 안정적으로 내 뒤에 착지했다.

마치… 내 뒤에 커다란 벽을 세우듯이 말이다.

그리고 새롭게 생겨난 벽에 등을 기대 퇴로를 잃은 연약한 인간에겐 도망치는 것보다 빠른 조개의 관자를 피할 방법은 없었다.

푹!

"다음부터 도와줄 거라면… 조금 더 평…범…하게……."

"안 돼애애애앳!"

〔사망하였습니다.〕

숲 한복판에 날카로운 고성이 울려 퍼지는 것을 들으며, 나는 그렇게 두 번째 죽음을 맛볼 수 있었…….

꿈—뻑.

〔가장 가까운 마을에서 자동으로 부활합니다.〕

어제도 느낀 거지만… 죽음에 대한 여운이 너무 짧은 거 아니야?

초보자 혜택으로 아무런 페널티 없이 자동으로 부활하게 된 나는 눈 깜빡할 새에 바뀐 전경에 당황했지만, 이내 이곳이 엘프 마을에서 내가 배정 받은 나무 집임을 깨닫고 자리에서 벌떡 일어났다.

"어휴, 어쩔 수 없지. 오늘은 칸 녀석한테 훈련을 받는 수밖에."

그렇게 중얼거리며 문을 향해 걸어가던 나는 때마침 벌컥 문을 열고 들어오는 칸과 마주설 수 있었다.

"오, 오늘은 일찍 일어났군. 어제 일이 꽤 교훈이 됐나 보지? 그래, 부지런함이야말로 강자의 기본 덕목이지. 그런데 말이야……."

"칸! 내가 인간을 죽였어!"

"…왜 옷을 벗고 있는 거냐? 그리고 넌 갑자기 무슨 소리냐, 벨라?"

엥? 내가 옷을 벗고 있다고?

얼굴에 눈물 콧물 범벅이 된 엘프 한 명이 그림자에서 튀어나오듯 등장하는 것을 보며 내 몸을 확인한 나는 그제야 내가 벌거벗고 있음을 깨달을 수 있었다.

'흠, 죽을 때 옷을 떨어뜨렸나 보네…….'

유일하게 가지고 있던 아이템인 옷이 사망으로 인해 드롭된 듯싶었다.

그 정도의 옷이야 인벤토리에 넣지 않았을 뿐, 사실 이 손님용 집에 잔뜩 있으니 상관없지만, 그래도 내 걸 잃어버렸다고 생각하니 별것 아닌 것에도 아쉬움이 들었다.

'어차피 서비스 주는 거, 아이템 드롭도 막아줄 것이지……'

사망과 관련한 스테이터스 하락, 접속 제한 등 게임 진행 자체를 막는 페널티는 초보자에게 부과되지 않지만, 아이템에 한해서는 그런 혜택이 없었다.

아마도 중요한 아이템이나 특별한 기능의 아이템을 초보자 캐릭터에게 맡겨 소실되는 것을 방지한 듯싶었다.

'뭐, 사실 나같이 비정상적으로 게임을 하는 게 아닌 다음에야 보통 하루, 이틀이면 초보자를 벗어나긴 하겠지만……'

저런 문제가 발생할 경우의 수는 정말이지 낮다 못해 극악의 확률임에도 그에 대한 대비책을 미리 지니고 있다는 것은 리버스 라이프의 게임 시스템이 얼마나 치밀한 구조로 되어 있는지를 알 수 있게 해주는 부분이었다.

"일단 옷부터 입고 나갈게."

"그래, 훈련장에서 보지. 그나저나 벨라, 넌 왜 그런 표정을 짓고 있는 거냐?"

내가 방 한편에 마련된 조그만 상자에서 잃어버린 것과 똑같은 옷을 꺼내 주섬주섬 입는 사이, 호들갑스런 등장과 달리 조용한 모습이 된 엘프를 향해 칸이 물었다.

하지만……

"저, 저… 저게……!"

"……?"

경악한 표정을 지으며 아무런 말도 하지 못한 채 나를 가리키는 벨라.

이상하다는 표정을 짓던 칸은 마침 고개를 돌려 눈을 마주친 나에게 눈짓으로 물었다.

'왜 이래?'

힐끗.

'난 모르는 엘프야.'

으쓱!

아주 간단한 의사소통이 오간 뒤, 칸이 다시 벨라를 보며 말했다.

"그렇다는데?"

"그, 그럴 리가!"

후다닥!

그렇게 말하며 불쑥 나에게 다가온 벨라는 내 몸을 더듬기 시작했다.

더듬더듬.

"이, 이쯤… 이곳에 분명 이렇게 단단한 뿔이 쑥 튀어나와서……!"

그렇게 말하며 정신없이 내 아랫배 부근을 더듬는 엘프를 보며, 칸은 낯선 접촉에 당황하는 나보다도 더 당황한 표정으로 말했다.

"크, 크흠… 벨라… 거기서 그런 게 튀어나왔다면… 뿔 아니야……."

'아, 이 녀석… 여자 엘프였나?'

나는 칸이 하는 말을 듣고서야 눈앞에 벨라라는 존재가 여성 엘프임을 알 수 있었다.

물론 작고 갸름한 얼굴과 큰 눈, 오뚝한 코, 분홍빛이 감도는 얇은 입술은 굉장한 미녀의 모습이 맞았다.

하지만 애당초 머리에 긴 가발만 뒤집어씌우면 어지간한 여자 연예인들도 뺨따귀를 때릴 만한 미형의 남자 엘프들이 득시글거리는 곳이기에 얼굴만으로는 남녀를 구분하기 힘들었다.

그래서 난 나대로 그들의 구별법을 가지고 있었는데…….

'정말 여자야? 가슴이 하나도 없는데?'

거의 내 몸에 매달리듯 붙어 있음에도 한 줌도 느껴지지 않는 볼륨감과 가죽 갑옷의 틈새로 보이는, 목부터 시작된 수직 절벽은 가슴이라기보다는 대흉근을 떠올리게 하는 모습이었다.

그런 탓일까?

따지고 보면 이곳 엘프 마을에 와서 케아라를 제외한 여자 엘프와의 첫 접촉, 그것도 꽤나 대담하고도 적극적인 접촉임에도 뭐랄까… 의사 선생님이 몸을 만져 보는 느낌, 목욕탕의 때밀이 아저씨가 몸을 문지르는 느낌 정도의 감상밖엔 들지 않았다.

그때, 정신없이 내 몸을 확인하는 와중에도 칸이 한 말의 의미를 떠올린 것인지, 벨라는 곧장 벌겋게 변한 표정으로 쏘아붙였다.

"그, 그게 아니라! 여기 분명이 이따만 한 구멍이 났다니까요? 자이언트 쉘한테!"

'아차! 이 녀석이 조금 전의······!'

나는 그제야 앞에 선 벨라의 갑옷이 보통 엘프들의 복식과 달리 새카만 색이며, 아까 죽기 직전 봤던 정체불명인과 비슷하다는 것을 알 수 있었다.

'여기서 거기까지 거리가 얼만데… 내가 부활하는 속도랑 비슷하게 도착했단 거야?'

도저히 물리적으로 불가능할 것만 같은 의문에 잠시 눈을 동그랗게 뜬 나지만, 사실 중요한 건 그게 아니었다.

"…무슨 말이야?"

아직 상황 파악이 덜된 듯 느릿하게 질문을 하고 있지만, 어쩐지 차가운 눈길로 나를 쳐다보는 칸의 모습에 그제야 문제의 심각성을 깨달을 수 있었다.

'아차, 이대로라면 내가 도망치려고 했다는 걸 들킬 텐데!'

물론 언제고 들키리라고는 생각하지만, 그게 오늘이어서는 곤란했다.

오늘도 확인했다시피 이곳 케이안 숲에는 내가 모르는 미지의 괴물들이 잔뜩 있고, 지금의 나는 여전히 그것들 중 단 한 마리조차 피해 가지 못할 만큼 약했다.

나 혼자의 힘으로 케이안 숲을 돌파할 때까지 훈련을 받을 생각은 없지만, 최소한 지금은 이곳 엘프들의 보호와 칸의 훈련이 필요했다.

"잠깐! 그게 어떻게 된 거냐면……!"

나는 어떻게든 변명을 해보고자 손을 내저으며 말했지만, 그보다 벨라의 행동이 더 빨랐다.

"이거 봐! 조금 전에 이 인간이 입고 있던 옷이라고!"

벨라의 품에서 나온 녹색 빛의 옷은 지금 내가 갈아입은 것과 같았다.

다른 점이 있다면, 그녀의 손에 들린 옷은 온통 피범벅인데다 아랫배 부근이 뻥 뚫린 상태라는 것이었다.

그리고 그걸 본 칸의 눈이 싸늘하게 변했다.

"그래, 그랬군……."

움찔!

평소와 달리 차갑고도 무거운 칸의 목소리에 절로 목이 움츠러든 나지만, 이내 쭉 고개를 폈다.

'계획과는 다르지만… 이렇게 된 것 어쩌겠어? 배짱이나 부려보는 수밖에. 어차피 난 죽어도 계속 여기서 부활해야 한다고!'

나는 칸의 싸늘한 시선에 대응하고자 가슴과 목을 쭉 펴며 당당하게 서서 이어질 추궁을 기다렸다.

하지만… 칸이 진정 목표로 한 상대는 따로 있었다.

"벨라……."

"응!"

자신이 한 일이 자랑스럽다는 듯 당당하게 대답하는 그녀를 보며 여전히 싸늘한 눈을 하고 있는 칸이 날카로운 어투로 말했다.

"내가 어제 너에게 준 임무가 뭐지?"

"응? 그야 이방인 모험가를 잘 보호하고… 위기에 처하면……."

"그걸 아는 녀석이 저 녀석을 죽게 해!"

갑자기 큰 소리로 호통을 치는 칸은 정말로 잡아먹을 듯 벨라를 노려보았다.

그 살벌한 기세에 벨라는 물론, 나조차 찔끔할 정도였다.

하지만 벨라는 물러서지 않았다.

"무, 물론… 내가 전사로서 맡은 임무를 제대로 수행하지 못한 건 맞지만……! 그래도 그건 그거고, 이건 이거잖아! 죽은 인간이 갑자기 우리 마을에 나타났다고! 케이안 숲의 유령 몬스터가 침입한 걸 수도 있다고!"

"뭐……?"

그녀의 대꾸에 생각지도 못한 대답을 들은 듯 당황한 목소리로 반문하는 칸을 보며 나 역시 고개를 저었다.

'이 녀석… 유저의 존재를 모르는군.'

이 게임의 시스템은 NPC들에게 유저를 다른 세상에서 온, 신비한 능력이 있는 존재로 인식하도록 하고, 그에 대해 의문을 갖지 않도록 제한해 두었다.

하지만 그것은 NPC들의 머리에 자동으로 깔리는 기초 지식이 아니었다.

게임 속 시간의 흐름에 따라 이 세상의 주민으로 태어나고 살아온 NPC들은 처음부터 어떠한 역할을 갖고 지식을 부여 받는 것이 아니었다.

그들은 태어나고, 배우고, 성장하는 과정을 거쳐 각자에게 어울리는 역할을 맡고, 그에 대한 공부를 하며 게임 속의 다양한 일을 수행하게 되는 것이었다.

이는 게임 속 NPC가 전 세대의 역할을 부여 받음으로써 끊임없이 변화하는 리버스 라이프의 세상을 구현할 수 있는 어마어마한 장점을 가지게 하지만, 덕분에 아주 극소수의 단점도 발생하고 말았다.

그리고 그 단점 중 하나가 바로…….

'공부 안 한 녀석은 이방인이 뭔지도 모르는 경우가 생긴다는 거지.'

나와 칸의 한심하다는 시선을 받으며 어쩔 줄 몰라 하는 벨라의 모습을 보며, 난 상상도 하지 못한 버그의 출현에 대해 혀를 찰 수밖에 없었다.

물론 지금 벨라의 경우는 꽤나 극단적이긴 하지만, 분명 있을 수 있는 경우였다.

특히나 이곳처럼 외부와의 접촉이 뜸하거나 단절된 공간에 있는 NPC들은 공부의 필요성을 느끼지 못하는 경우가 많을 뿐 아니라, 이보다 더 폐쇄적인 곳이라면 고립된 한정적 지식만을 가지고 있는 NPC들이 있을 가능성도 있었다.

'그렇다면 이건 꽤 큰 문제가 될 수도 있겠군… 이것도 버그 리포트 작성해야겠다.'

얼마 전, 튜토리얼 버그와 관련해서 리포트를 보냈다가 아버지가 보낸 게 분명한, '그런 거 없다' 는 짤막하고도 성의 없는 답변을 받았다.

이후, 다신 버그 리포트를 하지 않겠다고 다짐했지만, 오늘 발견한 이 버그만큼은 보낼 필요성을 느꼈다.

'NPC가 유저를 인식하지 못한다면… 그게 아무리 극소수라 할지라도 문제가 되기에 충분하겠지.'

결국 나는 어처구니없는 표정의 칸이 벨라를 앉혀놓고 이방인에 대해 설명하는 것을 보며 슬쩍 버그 리포트 창을 열었다.

그러고는 지금의 상황을 단숨에 요약해서 보냈다.

공부를 안 한 NPC가 유저가 뭔지 모릅니다. 확인 바랍니다.

길게 적을 시간도 없거니와, 그다지 길게 적고 싶은 마음도 없던 만큼 버그 리포트는 정말 딱 필요한 단어 몇 개만 들어갔지만, 그것만으로도 내용을 전하기에는 충분했다.

삐릭!

〔버그 리포트가 발송되었습니다.〕

'좋아… 그럼 이제 난 이 상황을 정리해 볼…….'

〔고객님께서 작성하신 버그 리포트의 답장이 도착했습니다.〕

'뭐야, 엄청 빠르잖아?'

신규 게임이니만큼 버그처럼 민감한 사안에 관해 빠른 처리가 이뤄지리라곤 생각했지만, 이렇게 빠른 답변이 올 거라곤 미처 예상치 못했다.

식사도, 잠도 제대로 못 자고 모니터 앞에 앉아 실시간으로 쏟아지는 버그 리포트를 보며 답변을 작성하고 있을 아버지를 떠올리니 어쩐지 가슴 한편이 조금 묵직해지는 기분이었다.

힐끗!

"그러니까, 이방인은 죽지를 않는다니까?"

"…왜요?"

"그러니까……!"

"왜요? 왜? 왜요오오?"

나는 '왜?' 라는 의문사를 처음 배운 딸아이와 자신이 가진바 지식의 밑바닥을 긁어 가르치는 아빠의 모습을 연출 중인 두 엘프의 눈치를 살피며 답변을 확인했다.

이렇게 빠르게 답변이 온 걸 보면 매크로성일 것이라고 생각되긴 하지만, 그래도 궁금하긴 했다.

삑!

〔고객님이 문의하신 버그에 대한 답변입니다.

ㅇ

답변이 만족되셨다면, 하단의 만족도 표시를……〕

"……?"

뭐지, 저거?

나는 답변이 있어야 할 자리에 위치한 한 글자, 'ㅇ'을 보고 텍스트 로딩 간에 문제가 발생한 게 아닌가 싶었다.

하여 몇 번 더 메일을 열었다 닫아도 보고, 괜히 눈도 비벼보았지만, 메일의 내용에는 변함이 없었다.

'이 아부지가 진짜!'

아무리 바쁘기로서니 복사해 붙여 넣기 한 매크로 답변도 아니고, 저런 답변이라니.

심지어 두 개도 아니고, 한 개라니.

차분히 복사해 붙여 넣기를 하다가 키 입력 실수로 저런 답변이 온 것은 아닐까도 생각해 봤지만… 'Ctrl + C', 'Ctrl + V'의 과정을 거쳤다면 저곳엔 'ㅍ'이란 답변이 있을 터. 저건 일부러 한 행동임에 틀림없었다.

'진짜! 내가 다신 그런 거 보내주나 봐라!'

또 얼마나 갈지 모를 다짐을 하며 아버지의 놀림감이 된 것에 대해 혼자 성을 낸 나는 이런 일련의 과정 중에도 여전히 '왜?'라는 질문을 받으며 이 세상의 신과 우주, 삼라만상에 대해 설명하는 중인 칸을 불렀다.

"…라는 세상의 섭리라는 건데……."

"왜?"

"칸."

"그러니까… 만약 우리의 신께서……."

"칸!"

"으, 응? 방금 누가 불렀나?"

유저란 존재가 게임 속에서 신적인 존재라곤 하나, 이미 보통의 이해 단계를 훨씬 넘어서는 과정을 설명하던 칸을 본래 세상으로 돌려놓았다.

그런 후, 나는 내가 마을 밖에 나간 것과 관련하여 정리하고자 입을 열었지만, 칸의 반응이 더 빨랐다.

"이봐, 카……."

"그래, 몸은 괜찮아? 나도 이방인이 불사란 건 익히 들어 알고 있지만… 이방인은 죽지만 않을 뿐, 그럴 때마다 힘이 약해진다던데, 괜찮은 거야? 어제오늘 벌써 두 번째인 거잖아?"

"뭐… 그건 괜찮긴 한데……."

의외로 마을 밖에 나간 것이나 그로 인한 죽음에 대해 추궁하기보다는 오히려 나를 걱정하는 칸의 태도에 눈을 동그랗게 뜰 수밖에 없었다.

분명 나의 무모한 행동에 대해 혼나면 혼났지, 좋은 소리는 절대 못들을 거라고 생각했기 때문이다.

하지만 칸의 반응은 거기서 끝이 아니었다.

딱콩!

"우이씨! 왜 때려!"

"마을의 손님이 다치지 않은 것에 감사해. 너는 전사로서 주어진 임무에 실패했을 뿐 아니라 침착하게 대응하지도 못했고, 호위 대상의 능력에 대해 파악하는 것도 하지 못했어. 게다가 전사 정규 훈련을 마친 네가 겨우 자이언트 쉘에게 호위 대상을 희생시키다니, 분명 안일한 대처를 했을 테지? 거기에다 보고도 없이 무작정 따라가? 내가 너한테 그림자의 망토를 준 이유가 뭐라고 생각하는 거냐? 겨우 딱밤 맞는 걸로 끝난 걸 다행으로 알아!"

금방이라도 으르렁, 소리를 낼 듯 엄한 표정으로 벨라를 노려보는 칸의 모습은 나에게 있어선 꽤나 신선했다.

'저 녀석이 전사장의 모습일 땐 저런 행동을 하는군.'

아까의 싸늘한 표정과 압도될 듯한 분위기 역시도 본래 그의 모습일 것이다.

여태껏 그저 마조히스트 겸 사디스트인 진성 변태라고만 생각되던 칸의 새로운 모습은 그의 훈련 없이는 절대로 이 숲을 탈출할 수 없으리란 생각에 조금은 믿음을 심어주는 것이기도 했다.

'물론 그렇다고 가만히 훈련을 받고 있을 생각은 없지만.'

예전보다 좀 나아 보일 뿐이지, 칸의 훈련으로 이 숲을 통과하기란 여전히 요원한 일이란 걸 나는 잘 알았다.

그렇기에 되도록이면 내가 계획한 방법을 통해 숲을 나갈 생각이었다.

'뭐, 그렇다고 해도 한동안은 조심해야겠지.'

아니, 어쩌면 계획을 새로 짜야 할지도 몰랐다.

아마도 어제 내가 죽었다는 말에 보호할 생각으로 호위를 붙여준 것 같지만, 지금 상황에 호위가 있다는 것은 감시자가 붙었다는 말과 다를 바 없으니 말이다.

'흐음, 어쩐다?'

기존의 계획에 차질이 생긴 것에 대해 고민하는 사이, 벨라와 칸은 계속해서 티격태격하고 있었다.

"그럼 약속대로 네 그림자의 망토는 압수다."

"에엣! 그런 게 어디 있어!"

"약속했지 않나, 임무에 실패하면 회수하는 것으로. 애당초 이걸 내준 것도 호위 과정의 편의를 위해서 준 거였고. 다시 받고 싶다면 다음 임무가 하달될 때까지 기다리도록 해."

그렇게 말하며 벨라의 가슴팍으로 손을 뻗는 칸의 손길은 별 생각 없이 보고 있던 나조차 당혹스러울 만큼 거침이 없었다.

'쟤 여자라고 하지 않았나? 아무리 잡을 게 없다지만……'

집요하게 가슴팍으로 파고드는 칸의 손과 그걸 피하고자 바닥을 떼굴떼굴 구르며 악을 쓰는 벨라의 모습은 어딘지 보고 있기 찜찜한 부분이 있었다.

하지만 그런 소란도 잠시. 연륜 높은 마을 전사장의 손길을 피하기에 벨라는 경력으로 보나 능력으로 보나 어린애에 불과했다.

덥석!

"헉!"

'저래도 돼?'

단숨에 벨라의 가슴을 움켜쥐는 칸의 행동에 헛숨을 들이쉰 나지만, 이내 나타난 신비로운 광경에 시선을 빼앗기고 말았다.

촤아악!

사라라락―

벨라의 가슴팍을 쥐었던 칸의 손이 가죽 갑옷으로부터 떨어져 나오자, 반투명한 검은 무언가가 끌려 나오며 방 안을 뒤덮었다.

벨라의 몸을 감싸고 있었다고 하기엔 너무나도 큰, 거대한 천막과도 같은 반투명한 어둠이 칸의 손을 따라 허공을 유영하고, 나는 그 어둠 속 간간이 박힌 작은 별빛 같은 은빛의 향연을 넋을 잃고 바라보았다.

그사이 벨라는 이제 평범한 갈색의 가죽 갑옷이 된 자신의 갑옷을 쓰다듬으며 울상을 지었다.

하지만 칸은 그런 벨라의 반응에 아랑곳 않고 방을 뒤덮은 어둠을 차곡차곡 접어 팔에 둘렀다.

그러자…….

스스스슥.

마치 스며들 듯 달라붙은 어둠은 칸의 팔을 새카맣게 물들였고, 몇 번 휘둘러 이상이 없음을 확인한 칸이 다시 벨라에게 말했다.

"벨라, 정식 전사 진급 임무에 실패했으니, 다시 네 계급은 임시 전사다. 방패 떼놓을 생각하지 마."

"에에엑! 싫어어! 나도 무기! 다른 무기이!"

"평생 방패 쓰는 것만 수련한 녀석이 무슨 무기야! 그림자의 망토가 공격력도 가진 전천후 아이템이긴 하지만, 이걸로 싸우라고 네가 준 게 아니야! 넌 어디까지나 실드 메이든! 네 본분을 잊지 마라!"

"싫어어어!"

'실드 메이든이라…….'

말 그대로 방패를 든, 방패의 처녀라는 의미.

고대 신화 속 여전사들의 이름이기도 하며, 남편을 위해 방패를 든 여자들을 의미하는 말이기도 했다.

그리고 이곳 리버스 라이프에서 실드 메이든이라 하면…….

'클래스 명이란 건가?'

이곳 리버스 라이프에는 셀 수 없이 많은 다양한 클래스가 존재하고 있다.

대표적으로 갖게 되는 전투 계열 클래스에는 전사, 검사, 마법사, 궁수와 같은 클래스가 있지만, 대게 최초 직업을 정한 직후에만 저러한 클래스 명을 가질 뿐, 이후 게임의 플레이 방식과 특화시킨 기술에 따라 그 이름이 바뀌곤 한다.

그리고 그중 실드 메이든은 전사 계열의 방패 방어 기술을 최대로 끌어 올린 마스터 클래스로, 게임 정보에 대해 굉장히 인색한 리버스 라이프의 홈페이지에서 예시로 찾을 수 있는, 얼마 안 되는 직업 정보가 알려진 클래스였다.

'하지만 실드 메이든이라니… 저런 게 마스터 클래스라고?'

이곳 엘프들이나 케이안 숲 몬스터의 수준이 정확히 어느 정도인지 알 수 없는 나로선 홈페이지를 통해 알게 된 최상위 클래스 캐릭터가 저런 모습이라는 게 선뜻 이해가 가지 않았다.

그리고 실제로도 이런 내 생각은 틀린 게 아니었다.

NPC들과 유저가 가지고 있는 클래스에 대한 개념은 사뭇 다른 바가 있어서 보통 유저들은 레벨 상승, 스킬 상승에 따라 얻게 된 클래스 명을 정식 명칭으로 삼는 데 반해, NPC들은 관련 기술을 연마한 사람을 상대로도 같은 표현을 쓰곤 했다.

예를 들어 유저들이 말하는 실드 메이든이 게임의 최고 레벨, 최상위 클래스를 칭하는 것이라면, NPC가 말하는 실드 메이든은 방패 기술을 연마하여 마스터 클래스를 목표로 하는 사람을 지칭하기도 했다.

고로 벨라가 실드 메이든이라는 말은 반은 맞고 반은 틀린 표현이라고 할 수 있었다.

어쨌든 이러한 관련 지식이 없는 나로선 이 게임에 들어와 처음 보는 마스터 클래스 NPC를 보며 신기해했고, 매정하게 자신을 두고 떠난 칸의 뒷모습을 보며 주저앉아 있던 벨라는 그런 내 시선을 느낀 것인지 나를 쳐다보다가 순간 깜짝 놀라며 뒤로 물러섰다.

"가, 가까이 오지 맛!"

"……?"

어쩐지 근래에 몇 번 본 기억이 있는 반응이지만, 이미 대화는 물론, 격한 신체 접촉까지 한 사이에 이제 와 저러는 게 의미가 있는가 싶어 벨라에게 거두절미하고 물었다.

"이미 잔뜩 만졌잖아?"

사아악!

그야말로 앞뒤 말을 몽땅 잘라낸 단 한마디지만, 엘프인 그녀에게 그 의미는 분명하게 전해진 듯했다.

혹여 닿을세라 나에 대한 불안과 불신으로 가득하던 벨라의 얼굴이 창백하게 변했다.

그러곤 바들바들 떨리는 손을 들어 나에게 뻗더니, 울먹이는 목소리로 말했다.

"도, 도로 가져가 주세요……."

도로 가져가? 뭐를?

지금까지 본 벨라와는 어울리지 않는, 존댓말까지 첨가된 애처로운 부탁이지만, 나는 선뜻 그 말뜻이 이해 가지 않았다.

그러다 문득 반대 손으로 자신의 아랫배를 살포시 감싸고 있는 그녀의 모습에 나는 황당한 눈으로 벨라를 보았다.

"이봐, '그건' 무슨 사탕마냥 줬다 뺏었다 가능한 게 아니라고… 무엇보다 네가 오해하는 게……."

"으아앙! 빨리요! 빨리! 흐아앙!"

바둥바둥! 버둥버둥!

이게 정말 다 큰 엘프가 맞는 것일까?

물론 나의 임신 광선에 대한 소문을 믿는 건 젊거나 어린 엘프들뿐이라는 말을 칸에게서 들은 적이 있지만, 명색이 마스터 클래스 NPC 아니던가. 겉보기엔 젊어 보여도 사실은 꽤 나이가 있어야 하는 것 아닌가?

"으헝헝! 나 이제 시집 못 가! 으허어엉!"

"……."

비록 잘못된 소문에 의한 오해라곤 하지만… 조금은 듣는 사람을 배려해 줬다면 더 좋지 않았을까.

나는 정말 서럽게 울며 자신의 신세 한탄을 하는 벨라를 보면서 작게 한숨을 내쉴 수밖에 없었다.

'울고 싶은 건 나라고…….'

어쩌다 이런 취급을 받게 된 건지, 어디서부터 잘못된 것인지 떠올려 나가던 나는 딱히 깊게 생각하지 않아도 알 수 있는 이 일의 원흉, 칸을 떠올리며 주먹을 말아 쥐었다.

물론 그를 때릴 용기나 뒷감당을 해낼 자신은 없는 나지만, 그렇게라도 해야 화가 좀 누그러질 듯싶었다.

무엇보다 지금의 나한텐……

"으아앙! 흐아아앙!"

아등바등!

'빨리 와서 저것 좀 어떻게 해줘!'

…누구보다도 그가 절실한 상황이었으니 말이다.

"벨라! 왜 그러고 있는 거냐?"

"전사장님!"

"칸!"

각자의 문제로 잔뜩 칸을 기다리고 있던 두 사람의 난데없는 환대에 주춤 물러서는 그였지만, 이내 정신을 차린 듯 작게 헛기침하며 물었다.

"크흠, 그래. 무슨 일이냐, 벨라?"

나 역시도 칸을 반갑게 맞긴 했지만, 아무래도 바닥을 굴러다니며 울고 있던 벨라만큼의 임팩트는 없는 듯했다.

먼저 벨라에게 다가가 사정을 듣는 칸의 얼굴이 시시각각 기묘한 모양으로 변해 나가는 것을 보며 직감적으로 나의 설명은 필요 없음을 깨달았다.

하지만 그럼에도 앞으로도 있을지 모를 일을 방지하고자 한 번 더 칸에게 말하기로 결심한 내가 다가가자, 어째선지 조금 전부터 나를 보며 속닥거리고 있는 두 엘프가 흠칫 놀라며 물러섰다.

그러고는…….

속닥속닥.

소곤소곤.

"……."

마치 왕따라도 시키듯 이젠 손가락질까지 해가며 나를 흘겨 보고, 바라보고, 뜯어보며 관찰하는 두 엘프의 모습에 다시금 한숨을 내쉰 나는 철푸덕, 자리에 앉아버렸다.

그런데 그때, 내가 자리에 앉길 기다리기라도 했다는 듯 나의 귓가로 경쾌한 알림음이 들려왔다.

띠링~!

〔퀘스트 보상 목록이 갱신되었습니다.〕

"퀘스트 보상 목록……?"

'나한테 보상을 받을 퀘스트가 있었던가?'

애당초 진행 중인 퀘스트라고 해봐야 칸에게 훈련 받고 숲을 탈출하는 내용밖에 없는 나였다.

하지만 그 퀘스트의 보상은 분명 무제한으로 표기되어 있었고, 지금까지의 훈련 과정으로 보건대, 받아 챙길 수 있는 거라 곤 훈련으로 오르는 스텟뿐이라고 생각했다.

그랬기에 퀘스트 창을 열어 보상 상세 보기를 펼쳐 보는 나의 손길엔 약간의 기대가 묻어났다.

〔탈출! ― NPC 지정 퀘스트〕

고대 드래곤의 장난으로 만들어졌다는 소문이 도는 숲, 케이안.

마법으로 이루어진 기묘한 지형과 대륙에서 손에 꼽힐 만큼 흉포함을 지닌 괴수들이 지천에 깔린, 지옥을 방불 케 하는 그곳에 나타난 이방인 모험자.

하지만 지금의 모험자는 이 숲을 빠져나가기엔 너무 약했는데…….

우연히 모험자와 인연을 맺게 된 케이안 마을의 전사 장 칸 엘누는 모험자에게 무례를 범한 대가로 그에게 이 곳을 빠져나갈 힘을 전수하기로 한다.

지금이 기회다!

전사장 칸 엘누의 가르침을 받고 혼자서 케이안 숲을 빠져나갈 수 있을 만큼 강해져라!

시간 : 무제한

보상 : 무제한 (신규 추가 보상 : 실드 메이든)

성공 조건 : 　케이안 숲을 자력 탈출한다.

실패 조건 : 칸의 실패 인정

실패 페널티 : 케이안 숲 엘프들과의 우호도 하락, 엘프 종족과의 거래 시 페널티 발생, 케이안 숲에 입장 시 비웃음이 들립니다, 칭호 쫌생이 획득.

"……."

신규 추가 보상이라는 단어 뒤에 적힌, 금빛으로 반짝이는 단어를 보며 나는 말없이 칸과 벨라 쪽을 쳐다보았다.

그러자 나를 향해 엄지를 척, 치켜올리는 칸과 어째선지 눈이 마주치자 수줍은 표정을 짓는 벨라를 볼 수 있었다.

그날 훈련은 내가 집어 던진 의자에 맞아 칸이 뻗어 버린 탓에 자율 훈련으로 진행되었고, 밤이 되자마자 맹렬한 기세로 세계수의 넝쿨을 타고 내려가며 나는 속으로 다짐했다.

'절대! 반드시! 퀘스트에 실패할 테니까!'

무슨 일이 있어도 말이다.

외전

잡다한 이야기

1. 엘프 전사들의 경우

"우, 우리 정말 이래도 되는 걸까?"

"…이미 내친걸음이야. 이제 와 돌이킬 수는 없어."

"제길, 아무리 필요에 의해서 한다지만……."

"멍청아, 전사장님도 허락하신 거야. 우리는 따를 수밖에 없어."

아침을 향해가는 이른 새벽.

한 집에 모여든 수십 명의 엘프 전사들이 결의에 찬 얼굴로 문을 살포시 열었다.

"계십니까……."

"바보야! 계시기야 당연히 계시겠지!"

"크흠, 그럼… 깨어 계십니까?"

"……."

거듭된 물음에도 아무런 반응 없이 고요하기만 한 집 안은 창
문을 통해 들어온 창백한 달빛에 물들어 을씨년스러운 분위기
를 풍기고 있었다.

"역시 안 일어나 있지?"

"…쉿! 저기 있다!"

한 엘프 전사가 가리킨 곳은 창문 바로 아래로, 그곳엔 은은
한 달빛을 이불 삼아 덮은 한 사람이 누워 있었다.

"불……!"

"나와의 계약에 따라… 살라만다!"

화르륵!

정령 마법으로 한층 밝아진 실내를 보며 꿀꺽, 침을 삼킨 수
십의 엘프 남정네들.

그들은 사람이 있음에도 인기척이 전혀 느껴지지 않는 집의
내부로 하나둘 들어서더니, 이내 집 안을 가득 채워 버렸다.

하지만 그 많은 숫자에도 숙련된 전사인 탓인지 그들의 호흡
은 한 사람의 것처럼 동시에 흉부를 움직였고, 걸음 소리는 마
치 침대 위로 깃털이 내려앉는 것처럼 고요했다.

그리고 마침내, 그들 전사들의 대표인 비전 사범 5인방이 앞
으로 나섰다.

"모두 잘 보이도록 자리를 잡아."

사사사삿!

그들의 지시에 따라 신속히 움직인 엘프들은 이내 침대 주변을 둥글게 감싸는 모양으로 빽빽하게 모여들었고, 자리가 여의치 않은 엘프들은 각자 수련해 온 엘프 비전을 최대로 활용해 벽이며 천장에 달라붙어 침대 위를 관찰해 나갔다.

그렇게 그들 모두가 자리 잡은 것을 확인한 5인방이 각자의 품속에서 챙겨 온 물건들을 꺼냈다.

휘릭!

촤악!

각양각색의 굵기를 가진 밧줄들이 침대 위에 누운 사람 곁에 수놓듯 놓이고, 이내 5인방 중 한 명이 크게 숨을 들이쉬며 말했다.

"후읍! 그럼… 간다!"

끄덕!

수십 명의 엘프가 마치 한 몸인 것처럼 고개가 움직여지고……

펄럭!

애처로운 천 한 조각이 침대 위로 날아올랐다.

2. 케아라의 경우

딱히 그에게 호감을 가진 것은 아니었다.

아니, 오히려 비호감이라고 보는 게 좋았다.

오빠 마음대로 손님으로 받아들이고, 큰 무례를 범한 대가로 그를 단련시켜 주기까지 하지만… 솔직한 심정을 말하자면, 그가 이 마을에 있는 게 불편했다.

이런 감정을 무엇이라고 표현해야 할까?

아마도 수치심이란 단어가 가장 잘 어울리리라.

나는 여전히 그와 처음 만난, 그날의 일을 잊지 못했다.

난생처음 보는 남자의 알몸.

반사적이었다곤 하나 난생처음 주먹으로 때려본 남자의 살갗 감촉은 얼마나 당혹스럽고 수치스럽던지.

그날 밤은 잠도 이룰 수가 없었다.

나는 그가 빨리 우리 마을에서 떠나길 바랐지만, 그는 이 숲을 빠져나갈 만큼 강해질 때까지 마을에 머무르는 것으로 결정나버렸다.

나를 비롯한 여자애들은 그런 위험인물이 가까이 있다는 것에 대해 불만이 많았지만, 마을의 어른들은 물론이고, 전사장인 오빠의 말을 거스를 사람은 아무도 없었다.

그랬기에 그는 우리 마을에 머무는 것으로 단숨에 정해졌다.

그렇게 우리가 좋아하지도 않는 일을 벌인 오빠는 뭐가 그리도 좋은지 한동안 싱글벙글하며 돌아다녔다.

그 이후 나는 그러고 싶지는 않지만, 다른 여자애들이 아무도 훈련장 근처로 오려고 하지 않는다는 이유로 오빠와 인간의 식사를 챙겨주게 되고, 하루 세 번 무조건 그 인간과 마주칠 수밖에 없게 되었다.

물론 나는 그에게 특별히 관심을 두지 않고 최대한 피하고자 했지만… 그는 나에게 관심이 있는 듯싶었다.

"저……."

오빠와 인간의 식사를 챙긴 지 10일 정도가 되었을 무렵, 그가 쭈뼛거리는 모습으로 나에게 먼저 다가왔다.

그와 대화를 하면 임신을 한다느니, 눈이 마주치면 임신을 한다느니 하는 말 따위가 다 거짓말인 건 알지만, 딱히 그와 대화를 나누고 싶은 마음이 없기에 홱 고개를 돌려 가버리려는 찰나, 마음이 급했던 탓인지 발이 꼬여 넘어져 버렸다.

아니, 넘어질 뻔했다.

덥석!

"아⋯⋯!"

"괜찮아요?"

대화를 하는 것도, 눈을 마주치는 것도, 손을 잡는 것도 임신의 조건이 아니라면⋯ 그렇담 품에 안기는 것은 어떨까?

넘어지는 나를 당겨 안은 그의 품속에 있노라니⋯ 가슴 깊은 곳, 아랫배 부근에서부터 간질간질하는 기묘한 감각이 느껴졌다.

그때 난 직감했다.

'임신해 버렸어!'

조금 더 주의를 해야 했는데, 너무 안일했던 듯싶다.

나는 그 감각에서 벗어나고자 그의 품에서 재빨리 벗어났지만, 심장의 박동은 빨라지고 간질거림은 더 커져만 갔다.

'아기가 생기면 아기에게도 마나를 전해 주기 위해 심장이 더 빨리 뛴다고 했지.'

꽤 오래전 동화책에서 본 내용이지만, 꽤나 그럴듯한 말이었기에 기억하고 있던 내용이다.

아기도 마나를 받아들이고 자라나게 되는 바, 마나의 저장고인 심장의 움직임은 아이에게 중요한 요소임에 틀림없었다.

'어떡해!'

나는 한순간의 실수로 벌어진, 돌이킬 수 없는 일에 대해 조금 마음이 울적해졌지만, 이내 아랫배를 간질이는 감각에 어째선지 조금 부끄럽고도 편한 느낌이 들었다.

그때, 당황한 표정으로 나를 빤히 보고 있던 그를 발견할 수 있었고, 그날은 그렇게 도망치듯 훈련장을 나서야 했다.

그리고 다음 날부터 나는 그의 모습을 차분히 관찰했다.

엄한 오빠의 고된 훈련을 받으면서도 불평하지 않는 모습, 구슬땀을 흘리면서 나를 보면 웃어 보이는 모습까지… 그를 관찰했다.

그리고 휴식 시간마다 나에게 찾아와 어디서 듣고 온 것인지 모를 재미난 농담들을 쏟아내는 것에 꺄르륵 웃고는 했다.

그렇게 며칠 시간을 보냈을 무렵.

내 앞으로 편지 한 장이 도착했다.

전사 연수 영장.

엘프 여성이라면 필수적으로 거쳐 가야만 한다는 그곳.

나는 본래 전사장의 동생이라 면제 대상이지만, 엘프 마을들 중에서도 위험 지역에 꼽히는 케이안 숲의 엘프로서 싸우는 법을 모른다는 것은 있어선 안 될 일이었다.

그랬기에 나는 혜택을 버리고 의무를 택했다.

하지만… 어째선지 의무를 택하기로 결정한 얼마 전의 당당하고 뿌듯한 마음과는 달리 불편하고 갑갑함을 먼저 느꼈다.

어째서일까?

스스로 질문을 해봤지만 해답 없이 시간은 흘러만 갔고, 마침내 연수 출발 하루 전날, 오빠와 그가 있는 훈련장에서 담담하게 연수 사실을 통보했다.

"아, 맞다, 오빠. 나 내일부터 전사 연수 가는 거 알지? 반년… 좀 넘게 걸릴 거야. 내가 없다고 밥 거르지 말고, 그동안 제로 씨 식사도 잘 챙겨 줘."

내가 자랑스런 의무를 이행하러 간다는 사실 때문일까?

오빠의 얼굴엔 전과 다른 생기가 묻어났고, 그의 얼굴엔… 어쩐지 짙은 어둠이 깔려 있었다.

터덜터덜.

느릿한 발걸음으로 멀어져 가는 그의 등을 보며 나는 왜 그리도 미안함을 느낀 것일까?

그날, 나는 처음 그와 만났던 날처럼 잠을 이루지 못했다.

그리고 연수 출발 당일.

나와 함께 연수를 가는 여자애들을 비롯해 많은 이들이 마을 밖으로 나와 우릴 배웅했지만, 오빠와 그는 끝끝내 나타나지 않았다.

아쉬움과 섭섭함에 눈물이 나올 거 같던 그때, 같이 가던 친구가 활짝 편 얼굴로 말했다.

"그래봤자 고작 반년인데 뭘. 금방이지."

"그래, 그렇지……."

고작해야 반년이었다.

연약한 인간이 이 흉악한 숲을 통과할 만큼 강해지기엔 턱없이 모자란 시간.

내가 연수를 마치고 올 무렵에도 그는 이곳에 있을 터였다.

울적했던 기분이 나아지고, 걸음을 걷는 발걸음에 힘이 붙었다.

그가 열심히 하는 시간 동안 나 역시 열심히 하리라.

그리고 나 돌아오리라.

굳은 결심 속에 마을은 점점 멀어져 갔다.

하지만 이 멀어짐은 다시 한데 모이기 위한 고무줄의 탄력과도 같은 멀어짐이니, 얼마 안 가 더욱 빠르게 붙게 되리라.

쏴아아!

마을을 떠나는 처녀들을 세계수의 커다란 잎사귀가 배웅했다.

그리고 반년 뒤.

케이안 숲의 엘프 마을에선…….

"이 인간 어디 갔어!"

…잃어버린 고무신을 찾는 한 엘프의 고성이 한동안 계속되었다.

〈『멋대로 라이프』 제2권에서 계속〉